오늘도 내향인으로
잘 살고 있습니다

오늘도 내향인으로 잘 살고 있습니다

혼자가 편한 엄마가 들려주는 조용한 행복

초 판 1쇄 2024년 12월 18일

지은이 백진경
펴낸이 류종렬

펴낸곳 미다스북스
본부장 임종익
편집장 이다경, 김가영
디자인 임인영, 윤가희
책임진행 안채원, 이예나, 김요섭, 김은진, 장민주

등록 2001년 3월 21일 제2001-000040호
주소 서울시 마포구 양화로 133 서교타워 711호
전화 02) 322-7802~3
팩스 02) 6007-1845
블로그 http://blog.naver.com/midasbooks
전자주소 midasbooks@hanmail.net
페이스북 https://www.facebook.com/midasbooks425
인스타그램 https://www.instagram.com/midasbooks

© 백진경, 미다스북스 2024, *Printed in Korea*.

ISBN 979-11-6910-972-7 03810

값 18,500원

미다스북스는 다음세대에게 필요한 지혜와 교양을 생각합니다.

혼자가 편한 엄마가 들려주는 조용한 행복

오늘도 내향인으로
잘 살고 있습니다

백진경 지음

미다스북스

Prologue

Part 1

내향인 엄마의 갈등 세계

Part 2

혼자인 건 좋지만 외로운 건 싫어

Part 3

잔잔한 일상에도 행복이 있지

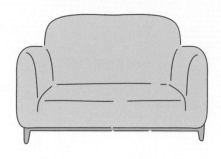

네, 저는 조용한 엄마입니다

'주뼛주뼛', '데면데면'.

이 표현이야말로 어렸을 적의 나를 정확하게 표현한 언어가 아닐까 싶다. 나는 어릴 때부터 소극적인 아이였다. 여러 명의 친구와 어울리기보다는 한두 명의 단짝을 사귀었고, 먼저 나서기보다는 조용히 앉아 있는 편이었다. 더군다나 나는 말소리도 작아 부모님으로부터 말 좀 크게 하라는 잔소리를 들으며 자랐다. 근데 천성이 작은 목소리인 것을 어떡하나. 더군다나 나는 큰 소리도 싫어했다. 조용한 게 좋았고 그게 마음이 편했다.

그런 내가 유아교육과에 갔고 유치원 선생님이 되었다. 유치원 교사라고 하면 대부분 밝고 활기찬 모습이 떠오르지 않는가. 전공 시절부터 활발하게 웃고 적극적인 목소리로 모의수업을 하는 친구들을 보면 부럽기도 하고 그 반대인 나는 걱정이 되었다. 안 되는 모습을 억지로 끼워 맞추려니 어딘가 자꾸 삐걱거리는 기분이었다. 하지만 전과할 용기는 없었다. 편입할 용기는 더더욱 없었다. 결국 나는 그대로 유아교육과를 졸업하고 유치원 선생님이 되었다.

아이들은 너무나 예뻤지만, 조용한 내가 억지로 과장된 표정을 지으며 웃고 밝은 모습으로 아이들을 대하려니 남들보다 힘이 배로 들었다. 아이들에 대한 마음은 진심이었지만 드러나는 표현은 마치 거짓 같았다. 가면을 쓰고 있는 나를 보며 스스로 괴로웠다. 그렇게 나는 유치원 담임교사를 그만두었다.

천성적으로 조용한 나는 가만히 앉아서 하는 것을 좋아했고 또 잘했다. 그래서 규모가 큰 유치원에서 행정 교사로 일하기 시작했다. 아무리 일이 많고 힘들어도 사무직은 나에게 아주 잘 맞았다. 엉덩이만큼은 꽤 무거웠기 때문에 유치원 관련 행정 일을 척척 잘 해나가고 나름대로 인정도 받았다. 그렇게 유치원 행정에 익숙해져 갈 무렵 나는 결혼을 하게 되었고, 임신했으며 지독한 입덧으로 유치원 일을 그만두어야 했다. 그게 내 마지막 경력이었다. 쉴 수 있다는 설렘과 동시에 다시 돌아올 수 없을 것 같은 불안감이 나를 덮쳐왔던 순간으로 기억한다. 하지만 그때 중요한 것은 출산이었기에 나에게 선택권은 없었다.

첫째 아이를 임신했을 때 태교로 뜨개질과 요가를 배웠다. 임신 준비 중인 사람들과 함께하는 수업이라서 태아의 주 수는 다르지만 다들 육아 정보를 주고받으며 조금씩 친해져 갔다. 하지만 나는 그 무리에 끼고 싶은 마음은 없었다. '정보가 뭐 그렇게 중요해?'라고 생각하며 혼자 찾아서 알아보고 구매했다. 어딜 가나 무리가 있다는 건 나를 힘들게 만들었다. 그래서 얕은 관계를 유지하다가 출산하고 드디어 엄마들의 본격적인 친목 모임이라는 조리원에 입성하게 되었다. 하지만 다행히(?) 내가 갔던 조리원은 지극히 개인적인 휴식을 목적으로 하는 곳이었다. 수유하는 곳을 제외하고는 다른 엄마들과 만날 수 있는 동선이 겹치지 않는 구조였고 나에게는 아주 딱이었다. 그리고 엄마들의 두 번째 친목 모임. 바로 문화센터였다. 문화센터에서도 역시 나는 가볍게 인사만 할 뿐 깊은 관계를 유지하지 않았다.

그랬던 내가 둘째 아이를 낳고 조금씩 변해갔다. 둘째 아이와 함께 간 조리원에서는 다른 엄마들과 같이 수유를 하고 마사지도 받고 요가 수업을 들었는데, 특히 경산모[1]들과 함께 이야기를 나누다 보니 그렇게 속이 시원할 수가 없었다. 첫째 아이를 키우면서 둘째 아이를 낳고 육아할 생각에 다들 일심동체로 한마음 한뜻이었다. 그때 처음으로 '동지애'라는 것을 느꼈다. 그 모임을 시작으로 나는 조금씩 마음을 열어갔다. 시간이 지나면서 나는 아파트 안에 있는 놀이터에서 처음 본 아기 엄마와 아무렇지 않게 이야기를 나누기도 하고, 아이를 데리고 있는 엄마들을 보면 그렇게 익숙하고 친숙할 수가 없었다. 참 신기했다. 더 재밌는 건 오랜만에 만난

1) 두 번 이상 출산한 여성

친구들이 내 말투와 행동을 보더니 "어머, 얘 왜 이렇게 수더분해졌어~"라며 웃는 것이었다. 예전과 달라진 나의 모습에 친구들은 당황하기도 하면서 꽤 반기는 모습이었다. 하지만 그렇다고 해서 나의 소극적이고 내향적인 모습이 완전히 사라진 건 절대 아니었다. 그때나 지금이나 무리에 어울리는 것은 나에게 여전히 어려운 숙제이며, 굉장히 기가 빠지는 행동이다.

그럼에도 불구하고 나는 그런 나의 내향적인 모습을 바꿀 생각은 없다. 조용하게 나와 다른 사람의 관계에서 예의와 선을 지키고, 무엇보다 나 자신을 지키기 위해 노력한다. 내가 나의 성향을 알고 그것에 맞게 나를 보호하는 일은 나를 아끼고 사랑하는 방법이라고 믿기 때문이다.

내향적인 사람이 자신의 그런 모습에 실망하고 바꾸려는 모습을 볼 때 나의 이야기를 들려주고 싶어 이 글을 쓰기 시작했다. 특히 자신이 내향인이라 고민인 엄마들의 불안함을 너무나 잘 알고 있다. '내 아이가 나 때문에 친구들 사이에 끼지 못하면 어떡하지?', '엄마들의 관계가 곧 아이들의 관계라는데 어떻게 해야 할까?'와 같은 불안들로 잠 못 이루는 일도 많음을 너무나 잘 알고 있다. 하지만 '인싸'와 같은 외향인이 주목받는 시대에서 '아웃사이더'와 같은 내향인의 조용하고 강한 면을 깨달았으면 좋겠다. 그게 내가 될 수 있으니 말이다.

오늘도 나는 내향인 엄마로 아주 잘 살고 있다.

2024년 어느 무더운 여름날,
꿈꾸는 엄마 백진경

Part 1

내향인 엄마의
갈등 세계

1.
너는 잘못됐어

"시간 괜찮아요? 같이 커피 한잔하러 가요~"

어쩌다 보니 아이 친구 엄마들과 커피 한잔하는 자리에 가게 된 적이 있다. 누군가가 나에게 만남을 제안하고 함께하자는 표현은 너무나 감사한 일이지만, 혼자 있을 때 에너지를 얻게 되는 나로서는 다수와의 '급' 만남이 그리 반갑지만은 않다. 그래서 나는 엄마들 무리에 껴서 그들이 하는 이야기를 들으며 커피를 홀짝홀짝 마셨다. 그러다 커피만 마시고 있을 수는 없어 그들이 하는 말에 적당히 귀를 기울이고 호응했다. 하지만 나의 눈은 이리 갔다 저리 갔다 바삐 움직이며 갈 곳을 잃곤 했다. 어쩌다 한 번씩 머릿속으로 적절한 단어와 내용을 골라내 생각을 이야기하면, 이내 곧 후회했다. '괜히 말했나? 이렇게 말하는 게 나았을까? 차라리 말하지 말 걸 그랬나?' 생각하며 상황을 곱씹었다. 말 그대로 기가 빨리는 시간이었다. 만남이 끝나고 집으로 돌아오면 정신이 혼미했다. 마음속에 무언가 '꿍' 하고 들어앉아 있는 것만 같았다. 내가 했던 말들을 반추하면서 한 번 더 후회하는 건 예사였다. 너무 쓸데없는 말을 많이도 늘어놓은 것만 같았다.

또 한번은 둘째 아이가 유치원을 처음으로 가는 날이었다. 유치원 버스도 처음 타보는 아이였는데, 언니가 타고 다니는 것을 보아서 그런지 처음에는 마냥 재밌어했다. 그런데 시간이 지날수록 아이가 점점 버스를 탈 때마다 눈물을 보이는 것이 아닌가. 유치원 적응 기간이기도 했고, 처음이니 그럴 수 있다고 생각은 했다. 하지만 아이가 울며 기관에 가는 모습을 볼 때마다 엄마인 나는 걱정이 되었다. 아이가 다니는 유치원 원감님과 언니 동생 사이로 친한 나는 그 일로 언니에게 상의를 했다. 원에서는 어떻게 지내는지, 괜찮은지 등을 물어보며 이야기를 나눴다. 그러자 언니가 이렇게 말했다. "어휴, 엄마가 걱정이 그렇게 많아서 어떡해. 강해져야지!"라고 말이다. 맞다. 나는 걱정이 많은 것도 사실이고 약한 마음이 드는 것도 사실이었다. 그런데 왠지 모르게 그 말에 서운한 감정이 들었다. '엄마는 마음이 약하면 안 되는 걸까? 그럴 수도 있는 거 아닐까?'라고 생각하며 씁쓸했던 기억이 난다.

"너는 왜 그렇게 걱정이 많니? 너는 왜 그렇게 예민해? 너는 왜 그렇게 내성적이야?"

살면서 이 질문들을 가장 많이 받은 것 같다. 마치 내가 문제인 것처럼 말이다. '걱정이 많으면 안 되는 걸까?', '예민하면 문제인 걸까?', '내성적이면 큰일인 걸까?'라는 물음을 스스로에게 참 많이도 던지며 살아왔다. 나도 외향적인 사람처럼 적극적으로 말하고 다가가고 싶은데 그게 잘 안 되니 문제였다. 내게 맞지 않는 옷을 입은 기분이고 마음만 더 불편할 뿐이었다. 하지만 주변 어른들은 나에게 맞지 않는 옷을 입길 권했다. 마치 그게 정답인 듯 말이다. 그게 옳고 맞는

것이니 그렇게 살아야 한다고 가르쳤다. 그렇게 나의 내향성
은 존중받지 못했다.

'나는 왜 내성적일까? 나는 왜 조용한 게 좋을까? 나는 왜
혼자가 편할까?'라고 스스로에게 질문했다. 이상하게도 나
는 처음부터 이 질문을 받아들이기가 참 어려웠던 것 같다.
심지어 지금도 그런 생각들이 불쑥불쑥 튀어나올 때가 있다.
'태어나기를 기질적으로 그렇게 태어났나 보다.'라고 생각해
버리기엔 왠지 인정하기 싫은 기분이 들었다. 내향적인 내
모습이 싫었던 걸까? 내가 나를 인정하지 않으니 내 모습에
반기를 들듯 마음속에서는 충동이 일어났다. 나에게도 그럴
만한 이유는 있었다. 사람들은 모두 외향적인 사람이 옳다고
말하는 것만 같았기 때문이다. 사람들 사이에서는 밝고 기운
찬 사람들이 주목받는 분위기였다. '인싸'라는 신조어까지 생
길 정도로 외향적인 사람들을 위한 세상인 것으로 보였다.
정녕 내향인들은 발 뻗고 살아갈 수 없는 것인지 두려웠다.

2.

어느 날, 마음이 툭 부러졌다

나는 예민하고 주변에 신경을 많이 쓰는 꽤 민감한 사람이다. 아마도 그래서 내가 내향인이 되었으리라. 주변의 시선으로부터 자유로워지기엔 성향상 제약이 많은 편이다. 아이를 낳고 마음이 힘들었던 시기에 이런 나의 성향은 절정으로 치달았다. 잘못된 상황 속에서도 다들 나의 성격이 문제라고 치부해버리니 나도 내가 싫어졌다. 그래서 내가 나를 인정하지 않았고, 점점 나를 잃어갔다.

출산하고 나면 예쁜 아이를 보면서 행복할 것이라 생각했다. 그러나 나의 예상과는 달리 첫째 아이를 낳고 우울증이 찾아왔다. 평범하게 결혼 후 아이를 낳고 별 탈 없는 삶을 꿈

꿨는데, 현실은 그렇지 않았다. 오로지 나만의 문제보다는 주변 사람들과의 관계에서 삐걱거리기 시작했다. 출산하고 편하게 쉬고 싶어 선택한 산후조리원도 비싼 곳으로 원정 간다며 비아냥과 같은 말로 나를 향한 비난이 시작되었다. 산후조리 후에는 친정에서 아기를 데리고 지내게 되면서 5분 거리에 있는 시댁에 주말마다 가야 했다. 50일 뒤 외출이니, 100일 뒤 외출이니 그런 건 나에게 비해당 사항이었다. 추운 2월, 태어난 지 15일밖에 안 된 아이를 안고 매주 여행 가방에 짐을 싸서 시댁을 왕래했다. 그저 너무도 자연스럽게 그 과정들이 흘러갔다. 처음이라 잘 몰랐던 이유도 있었다. 그러던 어느 날, '미치겠다.'라는 생각이 들었다. 남편과의 갈등도 끊이지 않았다. 우리 둘만의 일에서는 크게 싸울 일이 없었는데, 가족들이 관련되면서부터 다툼이 잦아졌다.

보건소에 갈 일이 있어 들렀다가 '산후 우울증 상담'이라는 문구를 보고 머릿속으로 고민했다. '내가 지금 산후 우울증인가? 저걸 받아봐야 하나?' 생각하다가도, '에이, 내가 무슨 우울증이고, 무슨 상담이야. 다 그냥 그런 거지.'라며 나의 상태에 대해 안일하게 생각했다. 그도 그럴 것이 주변 가족들은 다들 그렇게 산다며 나의 힘듦을 진심으로 알아주지 못했다. 힘들면 자신에게 다 이야기하라는 지인도 있었지만, 그저 내 힘듦에 같이 욕해줄 뿐 남는 것은 남에게 괜히 말했다는 후회와 너덜너덜해진 나 자신이었다. 어디에 시댁과 친정에 대해 말하고 싶어도 내 얼굴에 침 뱉기인 것 같아 속 시원히 말하지 못했다.

   그러다 둘째를 낳고 터질 것이 터지고야 말았다. 내 마음은 걷잡을 수 없이 망가져 버렸다. 공감받지 못한 나의 힘듦은 그대로 썩어 곪아버렸고, 결국 나는 벼랑 끝에 아슬하게 서 있는 꼴이 되었다. 더 이상 나아질 희망은 보이지 않았고 모든 것이 바닥으로 추락했다. 내가 힘든 이유를 주변 가족들에게 말해도 "그게 뭐가 힘들어? 네가 너무 예민한 거야. 너는 너무 걱정이 많아. 그렇게 다 신경을 쓰니까 그렇지. 다들 그냥 그렇게 사는 건데, 넌 도대체 세상을 어떻게 살아가려고 그래?"라며 오히려 나를 비난하고 타박했다. 공감의 부재가 얼마나 무서운지 그때 절감했다.

솔직히 고백하는데 나는 그 당시 처음으로 '죽음'에 대해서까지 생각했었다. 하지만 나에게는 아이들이 있었다. 내 아이들에게 못된 엄마라는 생각이 수없이 들었다. 매일 죄책감을 안고 나 자신을 채찍질했다. 아이들을 위해서라도 이러면 안 된다고 스스로 다그쳤다. 하지만 너무 힘들어서 살아갈 희망도 용기도 없다는 생각에 끊임없이 늪에 빠져 지냈다. 그러다 아이들을 생각해서 마지막으로 무엇이라도 해봐야겠다는 심정으로 상담사를 찾아갔다. 그게 나의 첫 희망의 시작이었다.

부서진 내 마음은 그 누구도 몰랐다. 내가 얼마나 힘든지, 그리고 왜 죽고 싶은지. 그 고통은 슬프게도 오로지 나만의 것이었다. 아무리 가까운 가족도 나의 모든 마음을 다 헤아려주진 못했다. 지금 와서 돌이켜보면 어쩔 수 없는 부분이었다고 생각이 들지만, 그때는 모두가 원망스러웠다. 나를 이렇게 만들어놓고 대체 왜 아무도 책임지지 않는지 묻고 싶었다. 그렇다. 그 당시 나는 탓할 사람이 필요했다. 스스로의 문제라고만 생각하고 싶지 않았다. 누군가에 의해 혹은 어떤 상황으로 인해 지금 내가 이렇게 되었다고 믿고 싶었다. 틀린 말은 아니지만, 걷잡을 수 없이 망가져 버린 나의 모습에 대해 나아져야겠다는 생각보다 원망만 하며 시간을 보냈다. 그리고 다른 이들을 향한 원망은 결국 나에게로 화살이 되어 돌아왔다. '정말 내가 문제인가? 다 내 잘못인가? 그래, 내가 이상한 거구나. 정말 내가 문제구나.'라고.

1년이 넘는 상담 기간 중, 어느 날 상담사가 나에게 이런 말을 했다.

"진경 씨, 진경 씨 잘못이 아니에요."

이 말을 들은 나는 그 자리에서 한참을 울었다. 쏟아지는 눈물을 도저히 막을 수가 없었다. 상담사는 울고 있는 나를 가만히 지켜보았다. 그리고 내가 다 울 때까지 긴 시간을 기다려주었다. 그렇게 눈물을 쏟아내고 나니 그제야 앞이 조금씩 보이기 시작했다.

'아, 내가 이 말을 듣고 싶었구나. 그래, 내 잘못이 아니야.'

이렇게 생각하게 되기까지 수많은 일들을 겪었다. 나 혼자서 좌절, 원망 그리고 자책하며 먼 길을 돌고 돌아와 보니 뒤늦게나마 내가 보이기 시작했다. 모든 일에는 다 이유가 있고, 그럴 수 있다고 받아들이기로 했다. 부서졌던 나의 마음은 그렇게 조금씩 아물 준비를 하기 시작했다.

3.

내 안에 괴물이 산다

첫째 아이가 한때 실뜨기에 푹 빠진 적이 있다. 집에 있는 리본으로 실뜨기를 했는데 털실이 있으면 좋겠다고 해서 하나 사주었다. 털실을 사고 난 뒤, 전에 쓰던 리본은 끝이 다 풀어져서 버리자고 했더니 알겠다고 아이가 대답했다. 나는 아이의 대답을 듣고 리본을 버렸고 그게 사건의 발단이 되었다. 다음 날 아이가 리본을 찾는 것이었다. 나는 당연히 버렸다고 말했고 아이는 그걸 왜 버렸냐며 대뜸 소리쳤다. 나는 아이의 대답을 듣고 버린 것이었는데, 아마도 아이는 대충 대답하고 자기가 말한 것을 기억하지 못하는 듯했다. 그러자 나는 화가 났다. 아이가 버려도 된다고 했으니 버린 것이고, 대충 대답했다고 하더라도 그건 본인의 책임이 아닌가. 그러자 아이는 "내 리본 돌려줘! 나는 그게 제일 좋단 말이야. 이제 없어서 어떡해. 이게 다 엄마 때문이야!"라며 소리쳤다. 결국 그날 나는 내 아이에게 괴물 같은 목소리로 고함을 치고 말았다. "너, 엄마가 그렇게 말하지 말라고 했지! 그게 왜 엄마 탓이야? 네가 버리라고 말했잖아!" 아이는 엄마의 고함을 듣고 깜짝 놀랐다. 소리를 지르는 나 자신 역시 놀랐다. '나에게 이런 모습이 있었나? 내가 왜 이렇게까지 화를 내고 있지?'라며 나도 몰랐던 나의 모습에 적잖이 충격을 받았다.

　평소에 나는 주변으로부터 조용하고 차분하다는 말을 많이 들어왔다. 나 역시 나에 대해 그렇게 알고 받아들이고 있었다. 그런데 아이를 낳고부터는 익숙한 나의 모습과는 또

다른 나의 모습이 수시로 번갈아 나타났다. 어느 순간부터는 나 자신이 헷갈리기 시작했다. 물론 조용한 사람이라도 억울하거나 화가 나면 소리를 지를 수 있다. 하지만 나는 그럴 때마다 내가 마치 괴물이 된 것만 같았다. 주변에서는 다들 나에게 조용하고 차분하다고 하는데, 나도 내가 그런 줄로만 알았는데, 화가 나면 나도 나를 알 수 없을 정도로 분노가 치밀었기 때문이다. 그러니 내 안에 또 다른 나의 모습이 낯설기만 했다.

주변에서 생각하는 나의 모습과 나 스스로 받아들이는 나의 모습 사이에 괴리를 느끼고 좌절했다. '무엇이 진짜 내 모습일까?'를 수없이 생각했다. 사실 욱하는 성향은 내향적인 성격과 별개라는 생각이 들지만, 한편으로는 뭔가 마음이 편하지 않은 느낌이었다. 조용하고 내향적인 사람은 화도 잘 안 낼 거라는, 혹은 화를 내더라도 뭐 얼마나 내겠냐는 무언의 인식이 나를 억누르는 것만 같았다.

아이를 키우면서 나도 몰랐던 나의 모습을 마주하곤 한다.

그리고 스스로에 대하여 고민에 고민을 더한다. 날것의 내 모습에 충격받기도 하고, 그럴 수 있다며 다독이기도 하면서 그렇게 나를 알아간다. 정말이지 육아는 아이를 키운다는 개념에 그치지 않는다. 육아는 곧 아이와 엄마를 함께 성장시키는 일이다.

이서윤 님의 책 『초등 공부 정서보다 중요한 것은 없습니다』를 보면 이런 내용이 나온다.

'아이가 ○○했기 때문에 화가 난다.'를 '나는 ○○이 필요하기 때문에 화가 난다.'로 바꿔보는 연습을 하면 나의 욕구를 조금 더 들여다볼 수 있어요.

이 문장대로 나의 행동을 해석해보면, '나는 아이가 대충 대답하고 엄마에게 화를 냈기 때문에 화가 난다.'를 '나는 내 아이가 엄마의 말을 잘 듣고 대답했으면 좋겠다는 욕구의 충족이 필요하기 때문에 화가 난다.'로 바꿔볼 수 있다.

이처럼 결국 아이 자체의 문제라기보다는 나의 욕구를 채우지 못한 것에 대한 불만족으로 드러나는 때도 있다. 나는 아직도 나에 대하여 다 안다고 말할 수는 없지만, 육아하는 순간 속에서 나를 되돌아보고 더 나은 내가 될 수 있는 어떤 과정에 있다고 생각한다. 내향적인 엄마의 '자기 성장기'와 같다.

하지만 조용한 나에게서 나오는 괴물과 같은 모습은 여전히 아이러니다.

4.
주목받고 싶은 내향인

　요즘은 카페에 가면 '키오스크'라는 기계로 주문하는 모습을 흔하게 볼 수 있다. 카페 직원에게 무엇을 마실지 말하고 계산하는 과정을 기계로 대신하니 내향인인 나로서는 그렇게 편할 수가 없다. (사실 나는 직원의 눈도 마주치지 않는

편이다.) 이럴 때 보면 나는 분명 내향인이다. 그런데 가끔은 '내가 진짜 내향인이 맞나?'라는 생각이 들 때가 있다.

한 카페에 갔을 때 키오스크로 주문하고 기다리던 중에 어떤 사람이 커피를 주문하고 싶어서 키오스크 앞에 서 있는 것을 보았다. 그런데 어디에 커피 메뉴가 있고 무엇을 눌러야 하는지 헤매고 있는 것이 아닌가. 그래서 나는 얼른 주문을 도와드렸다. 내가 먼저 나서서 도움을 드리고 그분은 고마워하셔서 뿌듯하긴 했지만, 한편으로는 먼저 나서는 나 자신을 보고 스스로 살짝 놀랐다. 이뿐만이 아니다. 나는 아파트 안에서도 아는 엄마들이나 경비 아저씨, 같은 동에 사는 사람들을 마주치면 내가 먼저 반갑게 인사를 한다. 진심에서 우러나온 반가움의 표시다. 만약 그들과 시간을 내서 만나고 오래 이야기하게 된다면 불편하겠지만, 먼저 사람에게 다가가는 나의 모습에서 또 한 번 놀라운 나를 발견하곤 한다.

이런 것들은 사람들에 대한 호의와 예의로 볼 수도 있겠지만 굳이 나서지 않아도 되는 상황에서조차 나서는 걸 보면

'나는 사람들에게 주목받고 싶은 걸까?'라는 의문이 생긴다. 생각해보면 나는 아이를 낳고 나서 조금씩 변했던 것 같다. 원래 사람들과 대화하기를 어려워했지만, 아이를 출산하고 육아하면서 이래저래 알게 된 엄마들과 친분을 나누다 보니 내공이 쌓인 모양이다.

하지만 내가 아는 엄마들과 아무렇지 않게 대화를 나누고 함께한다고 해서 나의 내향성이 없어진 건 아니다. 사실 함께 있으면 주위를 의식하며 조용히 혼자 있고 싶다는 생각이 불쑥불쑥 튀어나오기 때문이다. 이럴 때 보면 나는 또 뼛속까지 내향인인 것이다.

한번은 알고 지내는 한 엄마에게 이런 말을 들은 적이 있다.

A 엄마 : 아니, ○○ 엄마는 인싸지~ 표현도 잘하고 활발하잖아!

나 : 응…?

이건 또 무슨 소리인가. 내가 '인싸'라니. 살면서 이런 이야기는 처음 들어봤고, 그래서 적잖이 놀랐던 기억이 난다. 나는 이어서 두 가지 생각이 떠올랐다. A 엄마가 나에 대해 잘못 파악했거나, 실제로 내가 '인싸' 경향이 있거나 둘 중 하나일 것이라고. 그런데 아무리 생각해도 후자는 아닌 것 같았다. 전자일 확률이 높은데, A 엄마는 나의 어떤 모습을 보고 내가 '인싸' 같다고 생각했을까 고민하기 시작했다.

나는 항상 주변 사람들에게 최대한 밝게 다가갔었다. 인사를 건넬 때도, 안부를 물을 때도 더 많이 말하려 했고 웃으며 표현하려 애를 썼다. 내향인인 내가 왜 그렇게 했을까 생각해보니, 나는 상대방에게 나에 대한 좋은 인상을 심어주고자 했던 것 같다. 주변을 의식했고 살폈으며, 한편으로는 은근슬쩍 주목을 바라기도 했다. 아마도 그런 점에서 내가 '인싸'와 같은 인상을 주지 않았을까 조심스레 생각해본다.

참 아이러니했다. 나는 내향인이면서 외향인이고 싶었던 것이다. 내 실제 모습과 달리 밝아 보이고 싶었고 친근하게 생각하길 원했던 것이다. 그렇게 생각을 마치고 나니 한편으로는 씁쓸했다. 내가 외향인이고 싶다는 것은 나의 내향적인 면을 내가 스스로 부정하는 것이니까. 결국엔 나는 주목받고 싶은 내향인이었나 보다.

5.

외톨이가 꿈이야

A : 토요일 1시 ○○에서 봐.

B : 나 그날 뭐 입고 가지? 이 옷 어때?"

C : 괜찮네~ 우리 그날 ○○카페 가볼래?

B : 그래, 좋아!

나에게는 편하지 않은 모임이 하나 있다. 서로 멀리 떨어져 지내다 보니 SNS로 오랫동안 관계를 유지해오면서 가끔 만나는 모임임에도 불구하고 마지못해 참여하곤 했었다. 나는 그 모임에 다녀오고 나면 말 그대로 기가 빨렸다. 그럴 때마다 나는 진심으로 혼자이고 싶었다. 나는 왜 그 모임을 끊어내지 못했던 걸까? 첫 번째는 내가 싫다고 내 마음대로 오랫동안 유지해온 모임을 끊어내는 게 과연 맞는 것인지 고민되었기 때문이다. 나를 이상하게 생각하면 어쩌나 싶었다. 주변을 신경 쓴 것이다. 두 번째는 이렇게 끊어내다가는 모든 관계가 사라져 버릴 것만 같은 두려움이 들었다. 나 자신이 걱정된 탓이다. 이러한 이유로 나는 모임을 정리하지 못하고 있었다. SNS 대화창에서도 나는 거의 말을 아꼈다. 원래 얼굴을 마주 보고 대화하는 것과 문자는 차이가 있다 보니 같은 말을 문자로 주고받았을 때 묘하게 기분이 나쁠 때도 있었다. 자기들끼리 재미있게 이야기하는 것 같은데, 내가 말을 꺼내면 이상하게 흐름이 끊기는 듯한 느낌도 들었다. 기분 탓일지 모르겠으나 적어도 내가 느끼기엔 그랬다. 아마 맞을 수도 있었으리라. 그런데도 특별한 날마다 나를 포함하여 다 같이 만나기를 사람들은 원했다. 하지만 어느 날 문득 이건 아니라는 생각이 들었다. 결국 나는 중요한 모임이 있던 날 적당한 이유를 둘러대고 나가지 않았다. 그게 내 마음이 편하리라 생각되었다.

나와 결이 맞는 사람이 있고 그렇지 않은 사람이 있다. 누구나 각자 잘 맞는 사람이 있기 마련이다. 물론 이 세상에서 나와 맞는 사람하고만 지낼 수는 없겠지만, 굳이 마음을 쓰면서까지 만남을 이어가는 것은 아니라는 생각이 부쩍 들었다. 나는 나를 위해 생산적으로 시간을 소비하고 싶고 나에게 더욱 도움이 되는 일을 하고 싶기 때문이다. 내향인으로서 주변을 끊어내는 것에도 용기가 필요하다는 걸 느꼈다.

얼마 전 우연히 가게 된 엄마들 모임에서 어떤 엄마가 이런 말을 했다. "우리 아들이 갑자기 엄마는 꿈이 뭐냐고 묻는 거예요." 그래서 이렇게 대답했다고 한다. "엄마? 엄마는 외톨이가 꿈이야~" 세상에나. 나와 꿈이 같다니. 아마도 그 아들은 엄마가 무엇이 되고 싶은지 미래의 꿈을 물어본 것이었겠지만, 엄마는 우습게도 본인은 제발 혼자서 편하게 살고 싶다는 뜻을 담아 재치 있게 대답했던 것이리라.

이 세상에서 사람은 혼자 살아갈 수는 없는 존재이지만, 나는 혼자가 편한 내향인이다. 누군가와 함께하더라도 나에게 익숙하고 가까운 가족과 조금 더 시간을 많이 보내고 싶다. 주변인들과의 관계도 물론 중요하다. 하지만 나는 그들과 보내는 시간을 아껴서 나의 남편, 그리고 딸들과 함께 하루하루를 보내는 것이 더 편안하고 좋다. 어렵게 사람들 모임에 꾸역꾸역 끼어 나의 에너지를 낭비하는 것은 어떻게 보면 현실적이지만 모순이다. 그래서 그 모임이 나를 위한 것인지 그들을 위한 것인지 늘 생각하고자 한다. 좀 더 의미 있고 생산적인 하루가 될 수 있도록 말이다.

홀로 살아갈 수는 없는 세상이지만 오늘도 나는 사람들 틈에서 잠깐이라도 나를 위한 하루를 보낸다. 그게 나를 지키는 일이자 다른 이들과도 잘 지낼 수 있는 하나의 방법이다. 나의 아이들이 엄마의 꿈을 묻는다면 나 역시 이렇게 대답하겠다.

"엄마? 엄마 꿈은 조용한 외톨이야!"

6.
옆집 엄마가 쏘아 올린 작은 공

'내가 옳은 길을 가고 있는 걸까?'

오늘도 내향인으로 잘 살고 있습니다

이 질문을 살면서 참 많이도 던졌다. 일을 쉬고 전업주부의 길을 걷고 있는 나. 그리고 아이들과 뒤죽박죽 부딪히며 육아하고 있는 나. 모든 상황에서 지금 내가 최선의 길을 가고 있는 것인지 하는 고민은 항상 나를 따라온다. 그럴 때마다 가장 자주 접하고 만나게 되는 주변 엄마들로부터 영향을 많이 받는다. 귀를 솔깃하게 만드는 최신 육아 정보나 경단녀에게 희망이 되는 일 등 다양한 이야기들 속에서 허덕이기도 한다. 특히, 아이가 어릴수록 많이 그랬다.

첫째 아이가 어린이집을 다닐 때 일이었다. 같은 반 친구 중에 영어를 굉장히 잘하는 아이가 있었는데, 아직 많이 어린데도 영어 단어를 많이 알고 있는 것이 그렇게 신기할 수가 없었다. 육아서에서 다른 아이와 내 아이를 비교하지 말라고 수없이 말했지만, 책을 읽었을 때뿐 나는 우리 아이가 단어를 몇 개나 알고 있는지 궁금해지기 시작했다. 아이에게 물어봤지만 가르쳐준 적도 없고 영어에 노출을 많이 하지 않았던 시기인지라 아이는 잘 모르는 게 당연했다. 하지만 나는 속으로 이렇게 생각하고 말았다. '왜 이렇게 모르지? 오

ㅇ이는 이것도 알던데….'라고 말이다. 순간 뜨끔했다. '지금 나… 다른 아이와 내 아이를 비교한 거니?'라는 생각과 함께. 그리고 그런 내가 부끄러워졌다.

나와 시기가 맞지 않거나, 내 아이는 아직 그만큼 자라지 않아 못할 수밖에 없는 것인데 괜한 비교로 아이도 나도 힘들었던 순간들이 있다. 다른 엄마들로부터 영향을 받은 날은 괜히 아이를 잡았다. 아이에게 직접적으로 말하지는 않았지만, 나의 표정과 행동에서 묻어나오는 불안감은 아이를 충분히 눈치 보게 만들었으리라. 다시 생각해봐도 아이에게 너무나 미안하다. 말 그대로 옆집 엄마가 쏘아 올린 작은 공이었다.

흔들리는 나의 모습이 싫어 주변을 닫고 지냈던 적도 있다. 나는 나대로, 내 아이는 내 아이대로 흘러가도록 한곳에 집중하고 싶었다. 물론 혼자서 살아갈 수는 없는 세상이지만 최대한 나와 내 아이에게 집중하기로 했다. 그런 과정들을 거쳐 나를 돌아보는 계기가 되었고 무엇이 중요한지 조금씩 천천히 깨달았던 것 같다. 지금 내가 가는 이 길은 자연스러운 과정이고 내가 할 수 있는 최선의 선택이며 모두 다 괜찮고, 또 잘 해내고 있다는 것을 말이다. 나 스스로 부끄럽지 않은 내가 될 수 있기까지 참 오랜 시간이 걸렸다. 아이 나이와 엄마 나이는 그렇게 맞물려 성장해갔다. 물론 지금도 여전히 부족한 내 모습에 숨고 싶을 때도 있지만 모든 것이 흘러가듯이 시간과 상황에 맡기는 여유도 생겼다.

내향적이고 소극적인 나에겐 엄마들의 틈 속에서 휩쓸리지 않고 나와 내 아이에게 집중하기란 결코 쉬운 일이 아니다. 지금도 흔들릴 때가 있으며 무너지는 날도 있다. 하지만 나를 다시 일으켜 세우는 힘은 그런 오랜 고민의 과정과 노력의 시간이 아니었을까 생각해본다. 조용하지만 내면을 단단하게 키우는 것이 나와 아이를 위한 일이라고 믿는다. 꼭 겉으로 말과 행동을 표현하지 않아도 내면이 단단한 사람. 옆집 엄마의 말에 휘둘려 갈팡질팡하는 모습이 아닌 온전히 나 자신에게 집중하며 생산적으로 생각하는 사람. 그게 내가 원하는 나의 모습이다.

영국의 시인 새뮤얼 존슨은 이렇게 말했다.

'외부의 영향에 휘둘리고 싶지 않다면 먼저 자기 내면의 격렬한
감정부터 초월해야 한다.'

여기서 말하는 격렬한 감정은 주로 불안이 아닐까. 불안은
사실 잘 모르기 때문에 생기는 감정이다. 육아하는 엄마로서
불안하지 않으려면 육아 전문가가 쓴 책을 읽고 나와 내 아
이에게 맞게 집중하는 것이 중요함을 절감한다. 나와 내 아
이의 걸음에 맞춰 나아가는 것. 그것이야말로 아이와 함께
성장하는 단단한 길이다.

오늘도 내향인으로 잘 살고 있습니다

내향인 엄마의 마음 한 스푼

엄마로서 흔들릴 때마다 읽으면 좋은 책

육아하다 보면 주변 엄마들과 정보 등에 휩쓸릴 때가 참 많습니다. 아이의 발달이나 학습 문제, 훈육 등 이유는 다양하지요. 그럴 때 읽어보며 마음을 다잡을 수 있는 책 다섯 권을 추천합니다.

1. 최희수, 『푸름아빠 거울육아』, 한국경제신문, 2020

2. 이지영, 『엄마의 소신』, 서사원, 2020

3. 조선미, 『영혼이 강한 아이로 키워라』, 북하우스, 2023

4. 김선미 『지랄발랄 하은맘의 육아 내공 100』, 온포인트, 2023

5. 이은경, 『나는 다정한 관찰자가 되기로 했다』, 서교책방, 2024

7.
니즈의 균형

다니던 직장을 그만두고 전업주부의 길에 들어서게 되면서 마음이 헛헛할 때가 많았다. '지금 나는 무엇을 하는 거지? 내 인생은 이렇게 흘러가다가 끝나는 걸까? 나는 평생 엄마로만 살아야 하는 걸까?'라는 생각이 들었다. 아이들을 키우는 엄마로서 지금 나의 위치에서 최선을 다하는 것이 옳지만 한편으로는 정작 나 자신은 잃어가는 것 같아서 씁쓸했다. 내가 정말 좋아하는 것과 하고 싶은 것을 생각할 기회도 많지 않았다. 생각이 나더라도 그것을 실천으로 옮기기에는 늘 '육아'라는 벽에 부딪혔다. 육아하면서 내가 하고 싶은 것을 할 수는 없는 것인지 늘 고민했다.

가끔은 사람들과의 만남과 모임에 있어서 자유롭지 못한 나를 발견하곤 한다. 혼자 있고 싶다가도 누군가와 함께하고 싶을 때가 바로 그런 순간이다. 그럴 때마다 나는 내가 욕심을 부리는 것만 같다. 다른 사람들과 함께하는 것이 부담스러워서 피할 때는 언제고 혼자 있기 외롭다며 다시 사람을 찾는 나를 보며 이기적이라는 생각까지 든다. 무엇이 옳은 것인지 잘 모르겠다. 그래서 나 자신에게 질문을 던져본다. '내가 진정으로 원하는 것은 무엇인가?', '나는 무엇을 더 중요시하는가?'라며 지난날들을 반추해본다.

2주에 한 번 참여하는 독서 모임이 있었다. 책을 좋아하고 책에 대해 생각을 나누는 시간이 의미 있게 느껴져 참여하게 되었다. 물론 '모임'이라는 점에서 고민을 많이 했다. 그래도 2주에 한 번 정도는 어렵지 않을 것으로 생각하며 나름 크게 마음을 먹고 신청했다. 참여해보니 나이가 다양하지만, 책이라는 공통분모로 책을 분석하며 생각을 논하는 대화가 오고 갔다. 비록 말주변이 없는 나는 내 생각을 조리 있게 말하지는 못했지만 서로 사는 이야기에 귀를 기울이기도 하고 각자의 생각을 나누는 그 시간이 참 좋았다. 그런데 어느 순간부터 모임이 있을 날이 다가오면 부담이 되기 시작했다. 우선 책 읽는 속도가 느린 나는 책을 2주에 한 권씩 읽는 것이 어려웠다. 그리고 모임의 책은 주로 소설이었는데, 사실 나는 소설을 선호하는 편도 아니었다. 그래서인지 더 에너지가 크게 소모되고 있음을 느꼈다. 더군다나 아이가 어리다 보니 아픈 날도 있고 여러 상황이 겹치면서 빠지게 되는 이유가 마치 합리화되듯이 생겨났다. 심지어 이유를 말하고 불참석 의사를 표하면 어떤 이는 나에게 "한 시간 정도는 참석할 수 있지 않나요?"라며 쏘아붙이듯 물어왔다. 문자로 표현된 말이라 더 딱딱하게 느껴졌을 수 있겠으나, 나에게 다가오는 그 말은 차가웠다. 그래서 함께하는 사람들에게 미안했지만, 점점 모임에서 멀어지기 시작했다. 그렇게 나는 첫 독서 모임을 정리했다.

물론 모든 만남이 나에게 잘 맞을 수는 없다. 하지만 굳이 내가 에너지를 쓰면서까지 유지를 해야 할 이유 또한 없었다. 누군가와 함께하는 것과 나 혼자만의 시간을 갖는 것 사이에서 적절한 균형이 필요했다. 내가 나를 위하는 것이 본질이라면 더 이상 힘들게 모임을 유지할 필요가 없다고 생각했다. 오히려 그편이 나에게 좋고, 좋지 못한 태도로 임하는 것보다는 내가 빠지는 것이 함께 모임을 하는 이들에 대한 예의일지도 모르겠다는 생각이 들었다. 사실 이렇게 마음을 먹기까지도 쉽지 않았다. 조용히 수줍게 있다가 갑자기 나의 이 불편한 마음과 생각을 표현하려니 막막했기 때문이다. 하지만 내가 힘들면 힘들다고 나의 마음을 정확하게 표현하는 것이 나와 다른 이들을 위한 일이기에 용기를 냈다. 모임에서 빠지고 난 뒤, 나는 이제 다시 나의 속도와 리듬에 맞춰 책을 읽는다. 그리고 스스로 내용에 대해 생각한다. 누군가와 함께 나누는 기회는 사라졌지만 나는 이 경험을 통해 다른 사람들에 대한 배려와 나를 위한 일에 대하여 배우게 되었다.

8.
연약함과 약함의 차이

"어머님, 많이 피곤해 보이세요~"

아이의 학습지 선생님께서 나를 보고는 문득 이렇게 말씀
하셨다. 나는 예쁘게 화장하고 난 뒤였는데 말이다. 민망한
나머지 나도 모르게 "네. 좀 피곤하네요."라고 말하며 웃고 말
았다. 무엇이 잘못된 것인가 생각하며 나 혼자서 진지해졌다.
사실 나는 어렸을 때부터 외모에 대한 콤플렉스가 있었다. 예
전부터 사람들은 나를 보고 혹시 어디 아픈 게 아닌지 많이
물어보곤 했다. 그 이유는 눈 밑의 '다크서클' 때문이었다.

나는 피곤하지 않아도 다른 사람들에 비해 다크서클이 심

한 편이다. 그리고 사람들이 말하길, 나에게 풍기는 느낌이 좀 어리고 연약해 보인다고 했다. 처음에는 그런 이야기에 별생각이 없었는데, 시간이 지나면서 그런 말들이 조금씩 불편해지기 시작했다. 해가 지나면서 어려 보인다는 말은 어떻게 보면 듣기 좋은 말일 수 있지만, 어느 순간부터인지 그 말이 나에게 스트레스로 다가왔다. 어려 보인다는 이유로 처음보는 사람이 쉽게 생각하며 다가오기도 하고, 어느 예의 없는 자는 다짜고짜 반말하는 등 당황스러운 상황이 생기기도 했다. 그리고 나의 연약해 보이는 외모로 인해 어느 순간부터인지 상대방에게 내가 약할 것이라는 편견이 생겨버린 것 같았다. 사람들이 나에 대해 쉽게 생각하고 어리게만 보는 시선이 너무나 불편했다.

그러던 어느 날 문득 궁금해졌다. 연약하다는 것은 약한 것과 같은 말일까? 사실 그리스 로마 신화만 보아도 인간은 연약한 존재이다. 제우스로부터 살아 있는 생명체를 만들도록 명령받은 프로메테우스와 에피메테우스 형제 이야기가 있다. 살아 있는 생명체를 만들던 중 동물들에게 제우스의 선물을 모두 써버린 에피메테우스로 인해 인간에게는 아무 능력도 주어지지 않았다. 신화 속 이야기지만 그래서 사람은 연약한 존재인가 생각이 든다. 하지만 사람은 '생각'이라는 것을 한다. 그것이 바로 다른 생명체와 가장 큰 차이점이리라.

　　우리가 보기에 한없이 작고 연약해 보이는 개미는 사실 어느 곤충보다 강인하다. 따뜻한 날에 쉬지 않고 부지런히 식량을 모으며 열심히 일한다. 추운 겨울을 대비하기 위해서이다. 아주 작은 걸음으로 자기 집까지 먹을 것을 열심히도 나른다. 그리고 어느덧 음식들이 수북이 쌓여간다. 쉬지 않고 부지런히 일한 결과이다. 연약해 보이지만 약하지 않은 개미의 강인함이 느껴진다. 이렇듯 개미만 보아도 연약함과 약함의 차이가 보인다.

갑자기 웬 신화 이야기며 개미 이야기인가 하겠지만 나는 이 스토리들을 나의 삶에 적용을 시켜봐야겠다고 생각했다. 나의 겉으로 보이는 이미지가 연약할지라도 개미와 같이 나만의 강인함을 키우기 위해, 그리고 사람에게 주어진 '생각'을 키우기 위해 내면에 집중하기로 한 것이다.

우선은 성장을 위한 하루 루틴을 세팅했다. 3년째 이어오고 있는 새벽 기상, 그리고 필사와 독서이다. 하루에 30분만 투자해도 이 세 가지를 모두 해낼 수 있다. 평소보다 조금 일찍 일어나 하루를 시작하면 몸과 마음에 여유가 생긴다. 아침에 일어나자마자 아이들을 깨워 밥을 주고 유치원과 학교 갈 준비를 하기 전에 나 먼저 준비를 마쳐놓으면 하루의 시작이 더욱 가뿐하다. 그리고 원하는 책을 읽으며 좋은 문장을 필사함으로써 나를 돌보는 순간은 나를 위한 시간으로 하루를 시작하게 한다.

물론 이 루틴을 지키지 못하는 날도 있지만 포기하지 않고 하루에 하루를 더하며 여전히 나의 루틴 속에 자리 잡고 있다. 그렇게 수많은 하루가 쌓여 지금의 내가 되었다. 지금 나의 모습에 매우 만족하는 것은 아니지만 잘 해오고 있다고 믿는다. 연약해 보이지만 약하지 않은 개미처럼 어제보다 오늘 조금 더 나은 내가 되기 위해 나의 루틴은 현재 진행형이다.

그렇게 오늘도 나의 내면은 강해져 간다.

Part 2

혼자인 건 좋지만
외로운 건 싫어

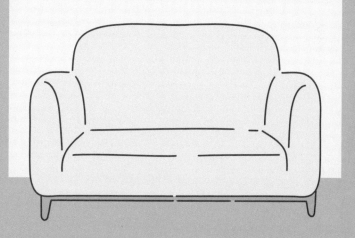

1.
나를 알려면 네가 필요해

아이를 낳고 전업맘[2]으로 지내다 보니 만나는 주변 사람들이 자연스럽게 나와 같은 엄마들이다. 다른 엄마들과 이야기할 때 보통 일상적인 내용으로 대화를 나누게 되는데, 그들과 이야기하다 보면 짧은 시간인데도 불구하고 너무 어색해서 가끔은 도망치고 싶을 때가 있다. 내향인인 나로서는 절대 쉽지 않은 일이다. 가끔은 '혼자서 살 수는 없는 걸까?'라는 극단적인 생각도 해본다. 하지만 아래를 보면 이런 내 생각에 따끔한 조언을 날리는 문장이 있다.

'사회적 동물'이란, 개인으로 존재한다 해도 홀로 살 수 없으며 사

---

2)   전업주부를 일컫는 말

회 속에서 다른 사람과 상호작용을 하면서 자신의 존재를 확인하는 동물이다.

　백과사전에 나와 있는 '사회적 동물'이라는 용어에 대한 설명이다. 그렇다. 사람으로 태어난 이상 홀로 살아갈 수는 없으며 사회를 형성하면서 사람들과의 관계 속에서 살아가게 된다. 그리고 중요한 문장은 다른 사람과의 관계 안에서 자신의 존재를 확인한다는 부분이다. 나는 혼자가 편한 내향인이지만 그렇다고 인간으로 태어난 이상 혼자 살아갈 수는 없는 노릇이다. 더불어 살아야 한다. 그렇다면 내향인으로서 어떻게 타인과 더불어 살아갈 수 있을까?

어른이 되고 난 뒤, 내향인이 궁금해서 이와 관련된 책을 찾아서 읽은 적이 있다. 그 책에서 말하길 내향인과 외향인이 따로 존재한다기보다는 개개인은 내향성과 외향성을 모두 갖고 있다고 했다. 꽤 흥미로운 사실이었다. 즉, 한 사람에게는 내향성과 외향성이 모두 존재하지만 그중 하나의 성향이 더 두드러진다는 것이다. 지극히 내향적인 나에게도 외향적인 면이 존재할 수 있다니, 솔깃했다. 가만 생각해보니 나는 내향적이라고 늘 말하지만 사실 처음 보는 사람과도 생각보다 잘 이야기하곤 했다. 그리고 도움이 필요한 사람이 보이면 오지랖을 부리듯 나서서 도와준 적도 많았다. 책을 읽으며 '아, 내가 꼭 극단적으로 내향적인 것만은 아니구나. 나는 내향적일 수도 있고 외향적일 수도 있구나.'하고 생각했던 기억이 난다. 이처럼 가끔은 나의 저 깊은 곳에 내재된 외향성을 발휘해 타인과 지내기도 한다.

또한 현대 심리학에서 특별히 집중적으로 연구되는 내향인의 몇몇 특징들이 있는데, 그중 하나가 바로 '고도의 섬세함'이라고 한다. 나 역시 섬세함을 갖고 있다. 주변 사람들의 특별한 날을 잘 챙긴다거나, 아이 친구들의 이름을 잘 기억하고 있다가 불러준다거나 하는 등 섬세하게 주변을 신경 쓴다. 이렇듯 내향인도 늘 타인과의 관계 속에서 살아가게 된다. 내향인이라고 해서 주변 사람들을 거부할 수도 없고 늘 혼자일 수는 없는 것이다.

그리고 중요한 것은 타인과의 관계와 경험들 속에서 나를 알게 된다는 점이다. 내가 나도 모르게 처음 보는 사람과 대화를 아무렇지 않게 한다거나, 도움이 필요한 사람에게 적극적으로 다가가 도와준다거나 하는 것들은 타인이 없었다면 알지 못했을 나의 외향성이다. 그러니 나를 알기 위해서도 타인이 필요하다.

내향성을 비난하는 주변인들로부터 '나는 왜 그럴까?'라고 질문하며 자책하기도 하고 수없이 고민했다. 내가 정말 잘못된 것은 아닌지, 그렇다면 나는 앞으로 어떻게 살아가야 하는지 말이다. 하지만 이제 조금은 알 것 같다. 내향인으로 살아가는 게 꼭 나쁘지 않다는 것을. 외향인이든 내향인이든 우리는 모두 자신을 위해 서로를 필요로 한다는 것을 말이다.

2.

보편적인 것들에 물음표 던지기

A 엄마 : ○○ 스마트폰이 새로 나왔는데, 원어민과 통화할 때 스마트폰이 번역을 해줘서 바로 대화가 가능하대! 디자인도 너무 예쁜 거 있지? 지금 쓰고 있는 스마트폰 아직 약정 남았는데 바꾸고 싶다니까!

B 엄마 : 어머 어머, 되게 신기하다. 나도 바꾸고 싶다!

아이의 친구 엄마들과 커피를 한잔하며 이야기 나누다가 신상 스마트폰에 대해 듣게 되었다. 원체 기계 욕심이 없는 나는 스마트폰을 한 번 사면 적어도 3년은 쓰는 편이다. '어차피 신형을 사도 얼마 지나지 않아 구형될 텐데 뭐.'라는 생각이 크기 때문이다. 그러니 나에게는 사실 솔깃하지 않은 이야기였다. 게다가 새로 나온 스마트폰에 AI 기능이 탑재되어 번역이 자동으로 된다는 게 마냥 신기하지만은 않았다. '기계가 사람이 생각할 수 있는 기회를 빼앗는 거 아닌가?'라는 생각이 문득 들었기 때문이다. 그러다 나의 반응을 보기 위해 바라보는 엄마들을 향해 기어이 꼰대 같은(?) 말을 하고야 말았다. "그럼, 사람은 생각할 기회가 없어지는 거 아닌가?" 내가 머릿속으로 하고 있던 생각을 입 밖으로 꺼내버린 것이다. 역시 나의 이런 말에는 아무런 호응이 없었고 신상 스마트폰에 대한 찬양이 계속되었다.

내 주변만 둘러봐도 우리의 일상은 디지털 기계와 늘 함께한다. 대표적인 것이 위에서도 언급한 스마트폰이다. 스마트폰이라는 기계만 있으면 다른 사람과의 소통뿐만 아니라 TV

를 보는 것도, 장을 보는 것도 정말 안 되는 게 없을 정도다. 손가락 하나만 까닥하면 무엇이든 다 이루어지는 마법 같다. 내가 모르는 것도 스마트폰 검색 하나면 끝이다. 장을 보기 위해 내 두 다리를 분주히 움직이지 않아도 스마트폰 터치 한 번이면 당일에도 음식 재료들이 내 집 앞에 배송되는 세상이다. 편리한 건 부인할 수가 없다. 그런데도 스마트폰은 뭔가를 항상 더 혁신적으로 만들어낸다. 우리를 더 편하게 해주려고 마치 안간힘을 쓰듯이 말이다.

어느 날 책 속에서 '자명한 것에 물음표를 던지다.'라는 문장을 읽은 적이 있다. 머릿속에서 무언가 번뜩였다. 우리 사회에서는 보통 그런 모습이 일반적이지 않다는 분위기다. 위의 사례만 보아도 보편적이지 않은 내 생각을 드러냈다가 민망해지기 일쑤다. 그러니 더더욱 말을 아끼게 된다. 내향인인 나에게는 그런 상황이 차라리 없었으면 좋겠다는 생각이 들기도 한다. 그러나 한 번씩은 생각해보는 기회가 필요한 것 같다. 보편적인 것과 그렇지 않은 것 중에서 왜 우리는 전자에 대해서만 생각할까? 그렇지 않은 것에 대해서도 생각해볼 수 있는 유연함을 가진 사람이 되고 싶다. 물음표와 느낌표의 사이에서 아리송함을 느끼는 사람. 그런 사람이야말로 생각이 유연한 사람이 아닐까.

내향인이기에 내 생각을 겉으로 맘껏 표현하기는 어렵지만, 요즘 들어 문득 글로써 내 생각을 풀어가는 순간들이 소중한 세상임을 느낀다. 말로 표현하기 힘든 것들을 활자로 한 자 한 자 써 내려갈 때, 생각의 반대 저편에 다가가 보기도 하고 넘실대는 '사유'라는 파도에서 흘러가는 대로 자유롭게 내 생각을 뻗어볼 수 있지 않을까.

스마트폰 일화가 생각나서 하는 이야기지만, 나는 나의 아이들이 기계에 갇혀 한정된 생각을 하기보다는 그것에서 벗어나 더 넓은 사고를 하길 바란다. 이것이 내 아이들에게 초등학생이 되고서도 스마트폰을 사주는 것이 염려되는 가장 큰 이유다. 어른도 기계에 지배당해 조절하기 어려운 마당에 하물며 아이들은 오죽할까. 물론 아이들도 언젠가는 시대에 맞춰 스마트폰을 사용하는 날이 오겠지만 그 시기를 최대한 늦추자는 게 나의 생각이다.

　어제보다 오늘 조금 더 넓게 사고하고 행동하는 사람, 자명한 것에 물음표를 던질 줄 아는 사람이 되기 위해 아이들과 나도 노력하는 하루를 보내려 한다. 그렇게 나의 소중한 하루를 내가 조금씩 만들어간다면 더 나은 방향으로 다가갈 수 있을 것이라 믿는다.

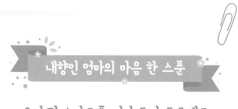

내향인 엄마의 마음 한 스푼

우리 집 스마트폰 거리 두기 프로젝트

1. 디지털 미니멀리즘

불필요한 앱을 삭제해봅니다. 평소에 사용하지 않거나, 단순히 시간 때우기용으로 했던 게임 앱 등을 삭제함으로써 스마트폰을 들고 있는 시간을 줄여나갑니다.

2. 디지털 휴식 시간

가족끼리 대화를 통해 어느 일정 시간을 정해놓고 그 시간 동안에는 스마트폰을 멀리 두고 사용하지 않는 것입니다. 그때 다 같이 앉아 책을 읽거나, 이야기를 하는 등의 시간을 가져볼 수도 있습니다. 실제로 저희 집은 저녁 8시가 되면 알람이 울립니다. 그 시간이 되면 모두 하던 일을 멈추고 원하는 편한 곳에 앉아 30분간 각자 책을 읽습니다. 자연스럽게 스마트폰은 멀리하게 되는 시간입니다.

3. 오프라인 활동 시간 늘리기

아이들과 함께 공원이나 숲 놀이터 등 자연 속에서 신체로 활동하는 시간을 늘림으로써 스마트폰과 거리를 두어봅니다. 스마트폰으로 아이의 사진을 찍어주고 싶다면 처음에만 촬영을 한 뒤, 가방 안에 넣어두고 아이들과 신나게 놀이하며 시간을 보냅니다. 아이의 모습을 꼭 처음부터 끝까지 다 찍어주지 않아도 괜찮습니다. 아이와 함께하는 그 시간 자체가 의미 있으니까요.

3.
외로움과 허무함의 사이

    혼자인 것을 좋아하는 나지만 때로는 외로움을 느낀다. 누군가와 꼭 함께 있고 싶어서라기보다는 혼자인 것에 쓸쓸함이 밀려올 때가 있다. 그럴 때 나는 바깥으로 나가 산책하며 머릿속을 환기한다. 그러면 마음속에 비어 있는 듯한 공허함이 조금은 채워지는 느낌이다. 하지만 가끔은 그런 생각도 든다. '나는 외로운 걸까, 아니면 허무한 걸까?'

내가 처음 상담센터에 찾아갔을 때가 생각난다. 나는 당시 가족 간의 문제로 우울증에 시달리던 중이었고, 그 사연을 상담사에게 털어놓았다. 맨 처음에 만났던 상담사님이었다. 그런데 내 이야기를 다 듣고 난 상담사는 나에게 이렇게 말했다. "진경 씨, 시어머니가 머리채를 잡을 정도로 막장이 아닌 것에 다행이라고 여겨보는 건 어때요?"라고 말이다. 틀린 말은 아니다. 나의 이야기는 어느 막장 드라마에 나올 정도의 사연은 아니었다. 하지만 분명 나는 마음이 너무 힘들었다. 그런데 내 힘듦을 마치 별것 아닌 듯이 치부해버리는

그 말에 쓴웃음이 났다. 그다음 나는 또 자책했다. '정말 내가 이상한 건가? 내가 너무 예민한 건가? 나는 왜 그럴까?'라고. 마음이 낫고 싶고 해결하고 싶어 상담사를 찾아갔지만 결국에는 다시 원점이 되었다. 나를 아무도 이해해주지 않는 지옥 같은 상황 속에서 홀로 외로웠다. 나는 공감받고 싶은 마음이 컸던 것 같다. 그런데 그러질 못하니 허무했다. 모든 게 헛되어 보였고 무의미하게 느껴졌다. '내 힘듦은 힘든 것도 아니구나.' 싶었다. 쓸쓸한 외로움과 무의미한 허무함 사이에서 나는 갈피를 잡지 못했다.

결국 나는 두 번째로 만난 상담사님과 상담을 진행하면서 마음이 많이 해결되었다. 사건의 본질은 같지만, 그 상황 속에서 내가 느꼈을 감정과 내가 했던 행동들이 받아들여지고 공감받으며 조금씩 마음을 열어갔던 것이다. 그리고 더 나아가 나 자신을 향한 공감도 할 수 있게 되었다.

외향적인 사람들은 보통 다른 사람들과의 만남에서 외로움을 해결한다. 하지만 그런 해결 방법은 나에게 맞지 않다.

분명 내 주변에 좋은 사람들이 있지만, 그 사람들을 만나도 나의 외로움은 쉽게 사라지지 않는다. 솔직히 오히려 더 외로워질 뿐이다. 나를 가장 잘 알고 위해줄 수 있는 존재는 결국 나 자신이라는 걸 알기 때문이다. 내가 힘들 때 공감받지 못해 외로웠던 것이 곧 허무함으로 이어질 때 비로소 나 자신을 향한 공감이 중요함을 절감했다.

대부분 사람들이 생각보다 자신에게 관대하지 못하다. 자신을 향해 칭찬보다는 비판을 더 많이 한다. 나 역시 그랬다. 하지만 내가 나의 힘듦에 공감하려면 우선 나 자신을 사랑해야 한다. 내가 나를 사랑할 때 나의 외로움을 알아차리고 지금 나를 위해 할 수 있는 것을 생각할 수 있다. 외로움과 허무함의 사이에서 갈팡질팡할 때 길을 잃지 않도록 나 자신을 생각하며 중심을 바로잡아야 한다. 아무리 나를 위하고 가까이에 있는 사람일지라도 나를 가장 잘 이해할 수 있는 사람은 '나'라는 존재이다. 그러니 돌고 돌아 결국 내 마음을 치유할 수 있는 존재 역시 나 자신이다. 이 간단한 사실을 깨닫기까지 크나큰 파도를 참 많이도 겪었다. 그리고 혼자 생각하는 시간을 많이 가졌던 것이 도움이 되었다. 만약 사람들 틈 사이에서 이리저리 휘둘렸다면 나는 끝내 해결책을 찾지 못했을지도 모른다.

사람은 누구나 외로울 수 있다. 그러니 그 외로움을 온몸으로 느끼고 받아들여 내 몸을 통과시키는 것이 어떻게 보면 하나의 해결 방법이지 않을까? 외로움을 회피하려고만 하지 말고 인지하고 받아들이는 과정에서 이미 그 외로움은 나에게서 지난 일이 되어버릴 수도 있으니 말이다.

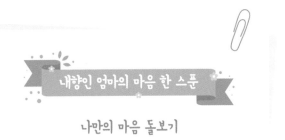

내향인 엄마의 마음 한 스푼

나만의 마음 돌보기

아무리 혼자 있는 게 편하고 좋은 내향인이라지만, 외롭고 허무한 마음이 들 때가 종종 있습니다. 그럴 때마다 활용하는 방법을 소개해봅니다.

1. 밖으로 나가 동네를 걸으며 산책합니다. 꼭 어딘가로 멀리 떠나지 않아도 괜찮습니다. 동네를 돌며 집 안과 다른 신선한 공기를 마시고 머릿속을 환기시켜봅니다. 그러다 보면 생각지도 못한 아이디어가 떠오르기도 하고 마음이 한결 맑아집니다.

2. 홈트를 합니다. 사람이 북적이는 헬스장보다 집에서 나에게 맞는 홈트 영상을 보며 운동을 하는 것입니다. 땀을 흠뻑 쏟고 개운하게 씻은 만큼 몸도 마음도 건강해짐을 느낍니다.

3. 에센셜 오일이나 인센스 스틱을 활용합니다. 좋은 향을 맡는 것만으로도 릴렉스가 되는 효과가 있습니다. 특히 에센션 오일은 종류에 따라 효능이 다릅니다. 나에게 맞는 향을 맡으며 마음을 돌보는 시간을 갖는 것도 도움이 됩니다.

4.
나를 붙잡아주는 힘

계절이 바뀌고 해가 지나도 나는 아이들의 엄마이다. 첫째 아이를 낳고 벌써 8년째 육아 중이지만 어떻게 보면 이제 육아의 시작일지도 모르겠다. 아이들이 세상에 태어나서 작은

몸으로 꼼지락 움직이고 옹알이를 하고 기고 서고 달리기까지 하는 동안 나는 육아로 수없이 많은 시간을 보내왔다. 영유아 시기의 육아가 가장 힘들었던 것 같다가도, 아이가 학교에 들어가면서부터는 뭉클하면서도 뭔가 커다랗고 웅장한 문을 통과하는 기분이다. 그 안에 들어서면 마치 새로운 시작인 것처럼 말이다. 아마도 나와 비슷한 기분을 느낀 엄마들이 많을 것 같다. 그래서 이 시기에 나를 포함한 여느 엄마들도 주변의 정보에 귀를 쫑긋 세우곤 한다. 학교와 학급, 선생님에 관한 이야기, 그리고 주변 학원 정보 등 지금 내 아이의 시기에 맞는 정보들을 들으며 솔깃해하곤 한다. 아이에 대한 정보다 보니 엄마들은 눈에 불을 켜고 조금 더 귀담아듣고 조금 더 행동으로 옮기는 힘을 드러낸다.

나 역시 주변에서 들려오는 정보들의 바다에서 허덕일 때가 많다. 차라리 정보가 없었으면 좋겠다는 생각이 들기도 한다. 이 이야기를 들어보면 이게 맞는 것 같고, 또 저 이야기를 들어보면 저게 맞는 것 같다. 혼란스럽다. 차라리 아무것도 모르고 싶다는 생각이 들 정도이다. 하지만 내 아이에 관한 일이다 보니 그러기도 쉽지 않다. 그럴 때 내가 쓰는 방법이 있다. 일단 솔깃한 정보가 들릴 때 집에 돌아와 관련된 책을 검색한다. 예를 들어, 사교육에 관한 내용이나 아이 용돈과 관련한 경제 교육 내용을 들었다면 '사교육'과 '경제 교육'을 키워드로 책을 검색해보는 것이다. 주변에 흘러 다니는 이야기보다는 조금 더 전문적이고 체계적인 내용을 담은 책을 찾아보는 것이다.

우울증으로 힘들었던 시기에 책을 붙잡고 의지했던 것처럼 나는 이번에도 책을 다시 한번 붙들었다. 사람들 틈에서 분명하지 않은 정보에 흔들리는 것보다 작가가 책을 쓰기 위해 수많은 정보를 찾아보고 겪었을 경험담에 더 귀를 기울이기로 한 것이다. 주변인을 만나지 않아도 충분히 정보를 얻을 수 있다는 점에서 내향인인 나에게 책은 더없이 좋은 도구가 되어준다. 이런 점이 내가 책 속의 활자를 읽는 데에 공을 들이는 이유 중 하나이기도 하다.

나는 아이가 어렸을 때부터 유독 독서 교육에 관심이 많았다. 좋은 책을 많이 읽어야 문맥의 흐름을 파악하고 상상력을 키우는 데 더없이 좋다는 것을 잘 알고 있었기 때문이다. 단순히 '독서는 좋은 것이다.'라고 다들 말하니까 그런 것이 아니라, 이것 역시 독서 관련 책을 통해서 더 자세히 알게 된 것이며, 내가 책을 읽어보니 깨닫게 된 부분이기도 하다.

혼자 있는 게 편한 내향인이어서 육아 정보를 얻기 위해 주변 사람들을 만나는 게 부담스러울 때가 많다. 하지만 책을 읽게 되면서부터 나는 더 이상 불안하지 않을 뿐만 아니라 더 확실한 정보를 얻게 된다는 점에서 오히려 마음이 편하다. 책 속의 모든 내용이 나와 내 아이에게 맞지는 않지만 더욱 정확하고 체계적인 정보임에는 분명하기 때문이다.

이제는 옆집 아이가 파닉스를 떼거나 영어 작문을 한다고 해도, 또는 수학 1년을 선행했다고 해도 불안하지 않다. 그런 정보를 나누는 모임이 있다고 해도 거절할 수 있는 확신이 들었다. 책으로 배운 것들이 있기 때문이다. 만 오천 원 상당의 금액으로 나는 무지에서 조금씩 헤어 나오고 있다.

내향인인 나에게 책은 멘토이자 제일 가까운 친구이다.

5.
어느 한 내향인의 생각

파울로 코엘료의 『연금술사』라는 책이 있다. 그 책을 보면 어떤 상인이 행복의 비밀을 배워오라며 자기 아들을 세상에서 가장 뛰어난 현자에게 보냈다는 이야기가 나온다. 그 젊은이는 사십 일 동안 사막을 걸어 산꼭대기에 있는 이름다운 성에 이르게 되는데, 그곳 저택에 젊은이가 찾는 현자가 살고 있었다. 젊은이는 현자에게 행복의 비밀을 묻지만, 현자는 지금 당장은 설명할 시간이 없다며 우선 자신의 저택을 구경하고 두 시간 후에 다시 오라고 말한다. 그리고 기름 두 방울이 담긴 찻숟가락을 건네며 덧붙이기를, '이곳에서 걸어 다니는 동안 이 찻숟갈의 기름을 한 방울도 흘려서는 안 되오.'라고 말한다. 젊은이는 기름을 흘리지 않기 위해 찻숟갈에서 눈을 떼지 못하다가 두 시간 후 다시 현자에게 간다. 그러자 현자는 자기 집에 있는 정교한 페르시아 양탄자를 보았는지, 오랫동안 가꿔온 아름다운 정원을 보았는지, 서재에 꽂혀 있는 훌륭한 책들을 살펴보았는지 묻는다. 하지만 젊은이는 오직 기름 두 방울에만 신경을 쓰느라 주변을 둘러보지 못했고, 다시 한번 살펴보고 오라는 현자의 말에 찻숟가락을 들고 다시 저택을 살핀다. 이번에는 곳곳을 살폈고 다시 현자를 찾아가 자신이 본 것들을 설명한다. 그리고 현자가 묻는다. '내가 그대에게 맡긴 기름 두 방울은 어디로 갔소?' 그제야 젊은이는 숟가락에 기름이 흘러 없어진 것을 알아차리고 만다. 그 순간 현자가 말한다.

행복의 비밀은 이 세상 모든 아름다움을 보는 것, 그리고 동시에 숟가락 속에 담긴 기름 두 방울을 잊지 않는 데 있도다.

이 이야기를 읽으며 아차 싶었다. 내가 바로 저 젊은이와 같지는 않았는지 생각이 들었기 때문이다. 아이들을 키우면서 매일 먹이고 씻기고 재우며 정작 나는 아이들이 커가는 모습은 놓치고 있는 것 같았다. 수많은 하루 속에서 엄마 말고 나에 대해서 진심으로 생각하지 못했던 날 역시 많았음을 깨달았다. 현자가 말했던 행복의 비밀에서 이 세상 모든 아름다움과 동시에 숟가락 속에 담긴 기름 두 방울의 '본질'을 잊고 있는 건 아닌지 생각이 들었다. 카르페디엠. 이 말이 생각났다. '현재 이 순간에 충실하라.'라는 뜻의 이 라틴어는 니체가 말한 '운명을 받아들이라.'라는 뜻의 아모르 파티와도 묘하게 연결이 된다. 주어진 삶을 받아들이고 묵묵히 현재 이 순간에 최선을 다하는 것은 오늘을 살아갈 이유가 되니 말이다.

『연금술사』에는 이러한 말도 나온다.

비밀은 바로 현재에 있네. 현재에 주의를 기울이면, 현재를 더욱 나아지게 할 수 있지.

하루하루의 순간 속에 영원한 세월이 깃들어 있다는 『연금술사』의 이 말을 읽으며 밑줄을 쫙 그었다. 수많은 책을 읽어오면서 느낀 것이 있다면 나를 돌아보게 된다는 점이다. 쉼 없이 앞만 보고 달려가다가도 잠시 멈출 수 있게 만들어주는 것이 나에게는 책이다. 유명한 전문가와 철학자들이 나에게 전해주는 지혜로 인해 일말의 희망을 보는 순간들이 있다. 그리고 그들로부터 시작된 내 생각은 곧 글로 옮겨지기도 한다. 나를 성장시키는 데 이렇게 쉽고 확실한 방법을 뒤늦게 깨달은 것에 후회가 남는다.

나의 아이들에게 물려주고 싶은 것이 한 가지 있다면 책을 통해 생각과 꿈을 키워나가는 것이다. 책을 벗 삼아 지내며 생각에 생각을 더하고, 그들이 전해주는 지혜를 깨달아가는 귀한 경험을 하길 바란다. 그렇다면 더 이상 바랄 것이 없을 것 같다.

아이들과 내가 서로의 곁에서 책을 읽으면서 함께 생각하는 소중한 시간을 오래도록 간직하고 싶다. 그리고 앞으로도 그 과정들이 이어지길 바란다. 그 순간들이 모여 어느 날 한 번씩 뒤를 돌아보는 여유도 가질 수 있지 않을까 생각해본다.

6.
남에게 배우는 육아법

아이가 커가면서 시기마다 겪게 되는 고민들이 있다. 신생아 때는 발육에 대해 고민하고 아이가 좀 커서 상호작용을 할 수 있는 영유아 시기가 되면 훈육에 대해 고민하게 된다. 그리고 취학 전과 초등학교에 들어가서는 학습에 대한 고민이 커진다. 그럴 때마다 많은 도움이 되는 것 중 하나가 바로 앞서 언급한 육아서이다. 전문가가 쓴 책부터 시작해서 요즘에는 나와 같은 평범한 엄마가 쓴 책들까지 육아서의 종류가 매우 다양하다.

제일 처음 내가 육아서를 접한 건 태교책이었다. 엄마와 아이의 관계, 그리고 엄마의 마음과 감정에 관한 책이었는데 아이를 낳기 전이다 보니 사실 크게 와닿지 않았던 것 같다. 그래서 그 당시에는 '이런 부분들이 있구나.' 정도로 가볍게 읽었고, 솔직히 끝까지 읽지도 못했던 기억이 난다. 그러고 나서 아이가 돌이 되기 전쯤 육아서를 제대로 읽기 시작했다. 김선미 님의『지랄발랄 하은맘의 불량육아』를 시작으로 그분을 통해 알게 된 최희수 님의 책들을 줄줄이 읽어나갔다. 그 책들을 통해 '책육아'를 배우게 되었고, 내 아이를 책으로 키워야겠다고 마음먹었다. 책대로 육아가 되겠느냐만 그 생각은 지금도 변함이 없다.

  책육아는 아이에게 책과 친숙한 환경을 구성해주는 것을 시작으로 양질의 책을 읽어주는 것을 기본으로 한다. 이 세

상에서 배워야 할 수많은 지식과 지혜를 책 속의 주인공을 통해 재미있게 배울 수 있도록 이끌어준다. 그리고 엄마인 나 역시 아이들의 책을 통해 지혜를 배운다. 책육아를 하면 할수록 이 세상에 책을 싫어하는 아이는 없다는 것을 깨달았다. 책의 즐거움에 한 번 빠져본 아이는 더 좋아하면 좋아했지, 절대 덜 좋아하지는 않는다. 연령에 적합한 책을 적절한 시기와 방법으로 제공했을 때 아이는 책을 은연중에 접하게 되고 흥미를 느낀다.

나의 아이들 역시 책에 흥미를 느끼도록 하는 데에 제일 큰 노력을 기울였다. 아이가 놀이하는 주변 곳곳에 책을 놓았고, 하물며 바닥에 책을 뿌려놓기도 했다. 잠자기 전에는 거실 바닥에 아이가 좋아할 만한 책과 엄마가 읽어주고 싶은 책 네다섯 권을 바닥에 무심하게 뿌려놓고 들어갔다. 다음 날 아침 아이는 거실에 나왔을 때 그 책부터 집어 들었다. 읽는 것은 아니지만 책을 이리저리 가지고 놀다가 어쩌다 한 번씩은 엄마에게 읽어달라고 하기도 했다. 심지어 나는 아이가 좋아하는 부엌 장 속에도 책들을 한두 권 넣어두었다. 그러면 아이는 부엌 장에서 이것저것 꺼내어 놀다가 책을 발견하면 어김없이 그 책을 읽어달라고 하곤 했다. 그렇게 야금야금 책과 친해지도록 1년 정도 애를 썼다. 그런 엄마의 노력을 알아주는 것일까. 다행히 아이들은 지금 책을 일상으로 생각하고 좋아하는 사람으로 자라는 중이다.

나 역시 그런 아이들 곁에서 함께 책을 읽는다. 어느 날 "우리 엄마는 책을 엄~청 좋아해!"라고 말하는 아이를 보니 아이들에게 나는 '책을 사랑하는 엄마'라고 자리가 잡혔으리라 생각이 들었다. 그런 나의 모습을 보고 책을 일상으로 받아들이고 즐기는 아이들이 기특하고 고마울 따름이다.

그렇게 책육아를 하다 보니 엄마인 나 역시 책과 가까워질 수 있게 되었다. 육아서를 시작으로 아이를 낳고 우울했던 시기에 수십 권의 심리책을 읽으면서 독서에 날개가 달렸다. 이 모두가 내 아이들이 없었으면 이루어지지 못했을 일이다. 책을 읽으면 읽을수록 욕심이 나고 많은 사람에게 책에 대해 알려주고 싶은 마음이 커졌다.

그러나 한 가지 중요한 점이 있다. 책을 쓴 사람과 '나'라는 사람은 전혀 다른 개인이라는 것이다. 요즘은 '케바케'라는 말이 많이 들린다. 'case by case'의 줄임말로 상황에 따라 다르다는 것을 의미한다. 육아하는 엄마들 사이에서는 이 '케바케'에 이어 '애바애'라는 말까지 나온다. 애들마다 다르다는 것을 뜻한다. 이런 것들을 보면 육아서가 나와 내 아이에게 모두 적용할 수 있는 건 아니라는 사실이 좀 더 와닿기도 한다. 육아서를 읽던 초반에 나는 나의 육아에 책육아를 적용하면서 사실 시행착오를 많이 겪었다. '책에서는 이렇게 하면 아이가 이렇게 따라왔다는데, 왜 우리 아이는 그렇지 않지?'라는 생각이 제일 많이 들었다. 그 당시에는 그 점이 가장 답답했던 것 같다. '이래서 현실은 책처럼 되지 않는다는 거구나.' 생각이 들었다. 그런데 지금 생각해보면 사실 고민할 것도 아니었다. 사람 자체가 다른 사람인데 똑같은 결과가 나오지 않는 것은 너무나 당연하기 때문이다.

　이런 점에서 육아서는 읽을 때 다른 책보다 더 많은 생각을 요구하는 분야이다. 다른 책들은 나 하나만을 생각하며 읽지만, 육아서는 나와 내 아이 최소 두 명의 존재를 생각하며 읽어야 한다. 그 부분을 적용하기 위해서는 우리에게 맞는 접합점을 찾아야 하고 수많은 시행착오를 거쳐 적용할 수 있는 것이다. 육아서를 읽고 그대로 내 아이에게 적용했을 때 똑같은 결과가 나온다면야 좋겠지만 그렇지 못할 확률이 훨씬 높다. 그러기에 가장 조심해야 할 책이고, 가장 집중을 요구하는 책이다. 즉, 나와 내 아이의 중심을 바로잡는 것이 무엇보다 중요하다. 내가 중시하는 본질을 육아에서도 놓지 말아야 한다.

그러기에 오늘도 나는 다시 한번 되새겨본다.

'흔들려보기도 하며 느낌의 시행착오 끝에 나와 내 아이에게 맞는 길을 찾아갈 것!'

'책육아'에 도움이 되는 책 추천 목록

1. 최승필, 『공부머리 독서법』, 책구루, 2018

2. 이상화, 『두려움 없이 뚝심 있게 오직, 책!』, 스노우폭스북스, 2019

3. 짐 트렐리즈, 신디 조지스, 『하루 15분 책 읽어주기의 힘』, 북라인, 2020

4. 서안정, 『결과가 증명하는 20년 책육아의 기적』, 한국경제신문, 2020

5. 고광윤, 『영어책 읽기의 힘』, 길벗, 2020

6. 지에스더, 『엄마표 책 육아』, 미디어숲, 2020

7. 이은경, 『초등 매일 독서의 힘』, 한빛라이프, 2022

8. 최희수, 『푸름아빠의 아이 내면의 힘을 키우는 몰입독서』, 초록아이, 2023

7.
좌절 내구력

　아이를 낳고 내가 가장 많이 했던 일은 우습게도 '좌절'이다. 그토록 원했던 첫째 아이를 낳고 신생아를 키우며 겪은 수면 부족과 초예민함으로 나는 매 하루가 좌절이었다. '아이가 좀 크면 괜찮겠지.' 했지만, 크고 나서도 수많은 선택과 결정 속에서 결과가 좋지 못하면 무조건 내 탓인 것만 같아서 또 좌절이었다. 아이가 밥을 잘 안 먹으면 '혹시 내가 임신했을 때 밥을 잘 안 먹어서 그런가?' 생각했고, 아이가 감기에 걸려 아프면 '내가 너무 춥게 데리고 다녔나?' 생각했으며, 아이의 성장이 조금만 느린 게 보이면 '내가 이 시기에 뭘 놓친 거지?' 하고 생각했다. 죄책감을 동반한 좌절이었다. 하지만 더 큰 좌절은 가족들 사이에서 겪은 갈등이었다. 아이를 키우는 것만으로도 매우 벅찼기 때문에 그 갈등은 마치 나를 옭아매는 올가미와 같았다. 그 시절 나의 마음은 푹 젖은 솜처럼 무겁기만 했다.

그렇게 5년의 세월이 흘렀다. 그동안 나는 상담도 받아봤고, 항우울제를 복용하기도 했다. 나아지고 싶어서 내가 직접 찾아간 상담센터와 병원을 통해 나는 최선을 다해 치료받았고 다행히 지금은 많이 회복되었다. 나 자신을 위한 것과 더불어 내 아이들을 위해 힘을 내어 한 선택이었다. 그렇게 5년간의 좌절이란 올가미에서 조금씩 헤어 나올 수 있었다. 마음이 깃털같이 가벼워진 것은 아니지만 나를 누르는 압박감은 이제 거의 사라졌다. 수많은 좌절을 겪으면서 그 좌절들을 통해 얻은 게 있다면 다시 일어설 수 있는 힘, 회복할 수 있는 힘이었다.

최근 읽은 육아서에서 '좌절 내구력'이라는 단어를 발견했다. 책에서 말한 좌절 내구력의 핵심은 아이의 영혼을 강하게 키우면 같은 일을 겪어도 훨씬 덜 고통스럽다는 것이었다. 이건 마치 나를 가리키는 말 같았다. 인생의 큰 파도를 겪어오면서 정신적으로 강해졌고 설령 그때와 비슷한 일을 겪더라도 이제는 이겨낼 수 있는 어느 정도의 지혜도 생겼다. 지나가는 말로 "너는 왜 그렇게 예민하니? 왜 혼자만 있으려고 하니?"라는 질문에 예전 같았으면 스스로 자책하고 괴로워했겠지만, 이제는 적절히 웃어넘길 수 있는 여유는 덤이다.

지금도 어떤 이는 나에게 지나가는 말로 나의 예민함과 걱정이 많은 모습에 덩달아 같이 걱정하며 조언하기도 한다. 그럴 때마다 나는 끄덕이며 경청한다. 그리고 이렇게 말한다. "그렇게 생각할 수 있죠. 하지만 저는 괜찮아요."라고 말이다. 내 마음은 누구보다 내가 잘 안다. 내 행동의 이유도 내가 가장 잘 안다. 지난 시간 동안 나는 숱한 시행착오를 겪으며 나라는 '자신'이 가장 중요하다는 것을 절감했다. 그러니 다른 사람들의 말에 일거수일투족 신경 쓰고 휘둘릴 필요가 없음을 깨달은 것이다.

이제 나는 더 이상 나의 조용하고 내성적인 성격을 탓하지 않는다. 내가 가진 나의 기질 안에서 내가 할 수 있는 일과 할 수 없는 일을 구분해내고 유연하게 살아가려고 노력한다. 그러한 노력으로 오늘의 나를 만들어가고 있다. 그러니 어느 누가 자기 자신의 성격이 내성적이라고 해서 그것을 단점으로 받아들이지 않았으면 좋겠다.

내향적인 사람이든 외향적인 사람이든지 간에 각자의 장점에 더 집중했으면 한다. 나처럼 숱한 일들을 겪으며 좌절 내구력이 생긴 결과로 강해질 수도 있지만, 그보다는 본래

자신의 기질 안에서 장점을 발견하는 일에 힘썼으면 좋겠다.

　나 자신은 나만이 알고, 나만이 일으켜 세울 수 있다. 그러
니 내 본모습에 집중하자.

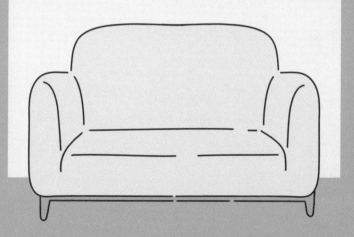

Part 3

잔잔한 일상에도
행복이 있지

1.
방구석 집순이

친한 지인과 오랜만에 만난 적이 있다. 평소 약속을 잘 잡지 않는 편이지만, 그날은 오랜만에 만나 얼굴을 보기로 하고 만난 날이었다. 자주 보지는 못하지만 친하다 보니 어쩌다 한 번씩 만나도 마치 매일 만난 것 같은 친근한 느낌이 들었다. 둘 다 비슷한 또래의 아이들을 키워서인지 주제는 자연스레 육아가 되었다. 요즘 내 아이는 어떤지, 최근에 놀러 갔던 곳은 어땠는지 등에 관한 이야기가 시작되었고, 나는 언제나처럼 주로 듣는 편이었다. (사람들과 만나더라도 나는 매 순간 나의 내향성을 조용히 뿜어낸다.) 그런데 어느 순간부터인지 나의 눈은 풀려갔다. 그리고 혼자 있고 싶다는 생각이 스멀스멀 올라오기 시작했다. 하지만 지인은 그런 나의 모습을 눈치

채지 못한 것인지 시작한 말은 끝날 기미가 보이지 않았다. 나는 결국 끝까지 듣고 있느라 속으로 진땀을 뺐다.

　나는 보통 첫째 아이가 하교하기 전까지 웬만하면 잠깐이라도 혼자서 시간을 갖고 충분히 쉬려고 한다. 혼자가 편한 나는 사람을 만나면 에너지 소모가 커서 그 이후에 육아하는데 영향을 받기 때문이다. 휴식을 취하는 장소는 집이다. 집은 내향인인 나에게 가장 편안하고 안락한 장소이다. 집에서 조용히 있는 것만으로도 나에게는 힐링이 된다. 이렇듯 나는 집에서 육아할 에너지를 나만의 방식으로 충전하는 것이다. 그런데 이날은 에너지 분배에 실패하고 말았다.

　여러 명과 약속을 잡고 사람들 간의 만남을 추구하는 사람. 불편함에 대해 '속앓이'를 하지 않고 시원하게 겉으로 표현하는 사람. 먼저 나서서 진취적으로 활동하는 사람 등 수많은 종류의 외향인이 있지만 나는 여기에 단 한 가지도 포함되지 않는 내향인이다. 나는 사실 그런 나의 내향성을 인정하지 못했다. 외향적인 사람이 환영받는 사회 분위기 속에서 내향적인 나는 움츠러들기 일쑤였고 외향인들이 마냥 부럽던 시기도 있었다.

하지만 이제는 안다. 내향적이라고 해서 잘못된 것이 아니라는 것을. 더 나아가 외향적인 사람도 내향적인 사람도 모두 서로를 필요로 한다는 것을. 그리고 우리 모두에게는 외향성과 내향성이 함께 존재한다는 것을 말이다. 모든 사람은 다 같을 수가 없기에 애초에 다 외향적일 수도 내향적일 수도 없는 일 아닌가. 그러니 내향적이든 외향적이든 간에 자기 모습을 받아들이고 나에게 맞게 생각하고 행동하는 것이 조금 더 나은 일이 되지 않을까.

친한 지인들과 만날 때에는 적절한 균형이 필요하다. 이 균형을 잘 맞추었을 때 내향인과 외향인이 함께 잘 지낼 수 있다. 서로의 영역을 침범하지 않는 선에서 서로에게 의미 있는 시간을 보내는 것이 모두에게 바람직하기 때문이다. 그러니 나는 나의 내향성을 존중하고 더 이상 내향인의 모습을 감추지 않기로 했다.

'다음에 또 친한 지인을 만난다면, 나에게 가능한 일정 시간을 미리 전달해서 양해를 구해야지.' 그날 밤 자기 전, 나는 이렇게 나의 내향성을 지켜야겠다고 또 한 번 다짐했다.

나는 사람과의 만남을 추구하기보다는 혼자가 편하고, 불편함에 대해서는 '속앓이'를 하다가 글로 내 생각을 표현하며, 어떤 일에 먼저 나서지 않고 뒤에 서서 따라가는 전형적인 내향인이다. 그리고 여기에 하나 더. 나는 누가 뭐래도 세상에서 집이 가장 편한 일명 '방구석 집순이'이다.

2.
내향인의 내공

아이 둘을 키우면서 내가 원하는 것과 아이들을 위한 것들 사이에서 고민이 될 때가 많았다. 결국엔 대부분 아이를 위한 일을 선택하지만 내가 원하는 걸 하지 못한 것에 대해 허무함이 밀려오곤 한다. 특히 아이가 돌 지날 무렵에는 혼자만의 시간과 여유를 가장 갖고 싶었다. 하지만 그 시기에 아이가 걷게 되면서부터는 온 신경이 아이에게로 향했다. 안전상의 이유였다. 아직 무엇이 안전하고 안전하지 못한지 모르는 아이는 호기심 때문에 아무 곳에나 가고, 아무것이나 만지고 다녔기 때문이다.

첫째 아이가 좀 크고 3살이 되었을 때는 어린이집에 다니게 되었다. 그래서 나의 시간이 조금은 확보가 되었다. 하지만 그 시간에 밀린 집안일을 하고 필요한 볼일을 보러 다니면 아이가 하원할 시간이 되었다. 잠시 멍 때릴 순간도 없이 나는 다시 아이를 데리러 가곤 했다. 둘째 때도 마찬가지였다. 그렇게 점점 나의 '니즈'는 묻혀갔다. 하지만 이대로 육아만 할 수는 없다고 생각했다.

어느 날 SNS에서 한 유튜버를 알게 되었다. 같은 아이 엄마인데 새벽 기상을 한다고 했다. 아이를 먹이고 씻기고 재우기도 벅찬 육아 중에 새벽 기상이라니. '푹 자야 육아가 되는 거 아닌가?'라는 생각이 들면서도 왜인지 궁금해서 그 유튜버의 영상을 클릭했다. 왜 새벽에 일어나고 새벽을 어떻게 활용하는지에 관해 설명해주었다. 그렇게 3~4분가량의 영상을 시청하고 나는 마음속에 요동침을 느꼈다. 뭔가 설렜다는 표현이 맞을 것 같다. 그리고 새벽 기상 멤버를 모집 중이라는 말에 고민 없이 신청 버튼을 눌렀다. 그렇게 나의 새벽 기상이 시작되었다.

　알람이 울린 새벽 4시. 새벽 기상 첫날에 나는 약간의 기대
감 때문인지 쉽게 잠에서 깼다. 모두가 잠든 새벽 홀로 앉아
있는 부엌은 고요했다. 식탁 앞에 앉아 앞으로 새벽 동안 무
엇을 할지 고민해봤다. 그리고 나를 돌아보는 시간을 가져야
겠다고 생각했다. 필사 모임을 찾아 가입했고 매일 나를 향
한 긍정 확언과 좋은 책의 내용을 필사하기 시작했다. 또 책
을 읽었다. 장르는 육아서, 심리서, 고전 등 다양했다. 그리
고 나의 찌뿌둥한 몸을 위해 요가도 해보았다. 그렇게 시간
을 보내고 나니 새벽 6시 반 정도가 되었다. 먼저 남편이 일
어나고 7시에 아이들도 일어났다. 나는 개운한 몸과 마음으
로 남편과 아이들을 맞이하고 그렇게 매일 아침을 시작했다.

그 새벽 기상이 올해로 벌써 3년이 되었다.

긍정 확언과 필사, 독서, 요가 등은 모두 아이들이 기관에 가 있는 시간에도 충분히 할 수 있다. 하지만 그 시간에는 왜 그런지 모르겠지만 꼭 다른 할 일이 생기곤 했다. 전화가 온 다든지, 집안일이 생각나는 등 이유는 다양했다. 하지만 새 벽은 어떠한 일이 생겨도 가족들이 모두 자고 있으니 오로지 내 할 일에만 집중할 수 있었다. 이게 새벽 기상의 장점이다. 그렇게 나를 위해 시간을 투자하고 나를 돌보니 내가 원하는 니즈를 조금씩 채워갈 수 있었다.

이제는 새벽 기상, 필사 모임은 끝이 났다. 하지만 나는 지금도 그 루틴을 혼자서 유지하고 있다. 물론 혼자 하다 보니 늦게 일어나는 날도 있지만 절대 멈추지는 않는다. 못한 날이 있더라도 다음 날 다시 새벽에 일어난다. 그 시간에 내가 원하는 일들을 한다. 그러고 나서 깨어난 남편, 아이들과 인사를 나눈다. 내적으로 에너지를 축적하기 위한 나만의 시간은 내향인에게 마치 연료와도 같다.

혹시 내향인이고 혼자만의 시간이 필요하다면 새벽 시간을 추천한다. 오로지 나를 위한 시간을 확보하는 것이다. 꼭 새벽이 아니어도 상관없다. 자기 전 늦은 밤이 될 수도 있다. 언제가 되었든지 간에 그 시간에 나를 위해 나만을 생각하며 내가 좋아하는 일을 해보자. 나를 다시 움직이게 하는 동력이 될 수 있다.

슬기로운 새벽 기상

새벽 기상이 처음이라서 어떻게 새벽에 일찍 일어나며, 무엇을 해야 할지 망설이는 분들을 많이 보았습니다. 저도 처음에는 갑자기 생긴 나의 시간에 무엇을 하며 시간을 보내는 게 좋을지 고민했던 기억이 납니다. 어떻게 무엇을 하는 게 좋은지 살펴보겠습니다.

1. How

우선 새벽 기상에서 가장 중요한 것은 전날의 취침 시간입니다. 새벽에 일어난다고 해서 잠을 줄이는 것이 아닙니다. 잠을 줄이면 내 몸만 피곤해질 뿐이죠. 기상 시간을 고려해서 전날 자는 시간을 어느 정도 정해놓아야 합니다. 저처럼 아이가 있는 엄마인 경우, 아이들의 취침 시간에 맞춰질 수 있습니다. 보통 저녁 9시에서 9시 반 사이에 잠이 드는데, 그 시간부터 새벽 4시까지만 해도 7시간 정도는 확보됩니다.

2. What

새벽에 할 수 있는 일들은 주로 조용한 것들입니다. 모두가 잠들어 있으니 그럴 수밖에 없지요. 그래서 주로 독서, 필사, 요가, 명상 등이 있습니다. 지금까지 새벽 루틴을 해본 결과 이 네 가지가 가장 좋았던 것으로 기억이 납니다. 물론 지금도 그렇습니다. 꼭 많은 일들을 하지 않아도 괜찮습니다. 한 가지 활동이라도 나를 위한 시간을 보내는 것이 새벽 루틴의 핵심입니다.

3.
글 쓰는 삶

두 아이를 키우며 우울증으로 고생하던 시기에 내가 지금 무얼 할 수 있을지 생각했었다. 그런데 도무지 무엇을 어떻게 해야 할지 모르겠고 마음은 커다란 갑판으로 누른 듯 답답하기만 했다. 그러던 어느 날 나에게 기회가 기적처럼 찾아왔다. 상담센터를 다니던 때였는데 상담받기 위해 대기실에서 기다리던 중 책 한 권을 발견했다. 이종선 님이 쓰신 『넘어진 자리마다 꽃이 피더라』라는 책이었다. 한 장 두 장 넘겨보다가 내 차례가 되어 상담실로 급하게 들어갔다. 하지만 상담 중에도, 상담이 끝나고 나서도 그 책 속의 문장이 자꾸 생각이 났다. 결국 집에 가기 전 나는 책의 제목을 기억해두고 집에 가자마자 온라인 서점에서 구매 버튼을 눌렀다.

나는 그 책을 시작으로 심리학책에 빠지기 시작했다. 심리학책에는 내가 듣고 싶은 말들이 가득했고, 내 생각을 정리해주는 듯했다. 책을 통해 내가 몰랐던 나를 발견하기도 했다. 책 속 문장들의 강인함을 느꼈다. 그리고 어느 순간부터는 연필을 집어 들고 직접 책에 끄적이기 시작했다. 어떤 문장을 보고는 내가 겪었던 일들, 그 순간 느꼈던 감정, 그리고 내가 듣고 싶었던 말들에 대해 한두 문장씩 적어나갔다. 내가 읽은 책과 내가 끄적인 메모들은 사실 내 상황을 나아지게 하지는 않았다. 하지만 신기하게도 마음은 조금씩 편안해졌다.

그리고 수많은 상황 속에서 '받아들임'이라는 걸 알게 되었다. 기억하고 싶지 않은 기억을 지우려 하기보다는 그저 내

마음 한구석에 품을 수 있는 여유를 갖기 시작한 것이다. 신기한 경험이었다. 나는 그저 내가 겪었던 일과 내가 느낀 감정들을 글로 적었을 뿐인데 마음이 조금씩 가라앉는 것을 보고 '희망은 있구나.'라고 생각했다.

어떤 책에서 이런 글귀를 읽은 적이 있다. '글쓰기는 고통이었던 순간들이 언어로 가지런히 재정렬되는 시간'이라고 말이다. 재정렬이라는 단어가 특히 와닿았다. 나는 나의 고통이었던 순간들을 나의 언어로 차근차근히 재정렬했다. 그리고 글쓰기를 통해서 마음을 가다듬었다. 글쓰기야말로 나의 내향적인 성향에 딱 맞는 '마음 돌보기' 방법이었던 것이다. 이것이 내가 글을 쓰는 이유이다. 글쓰기의 장점을 알고 난 이후로도 나는 자주 글을 쓴다. 힘들 때도 기쁠 때도 글을 쓴다. 그러다 보니 책을 쓰게 되는 기적도 일어났다. 평범한 전업주부가 작가가 되는 말도 안 되는 일이 일어난 것이다.

내향적이든 외향적이든지 간에 어떤 순간에서 글로 내 생각을 표현해보았으면 좋겠다. 글을 쓴다는 것은 내 생각을 정리할 기회를 준다. 그 상황을 다 해결해주지는 못하지만 적어도 내 생각만큼은 알아차릴 수 있게 해준다. 가끔은 나도 내 생각을 잘 모를 때가 있지 않은가. 그럴 때 글쓰기는 매력을 발휘한다. 나도 잘 몰랐던 아이디어가 떠오르는 즐거움도 있다.

무엇보다 중요한 것은 나만의 중심을 잡을 수 있다는 것이다. 누군가를 만나 나의 힘든 점을 이야기하다 보면 대화를 통해 해결되기도 하고 마음이 후련해질 수는 있지만 다른 사람의 이야기에 귀 기울이고 신경을 쓰다가 정작 나를 놓치게 되는 경우가 많다. 하지만 글로 쓰는 시간은 내 이야기를 나만의 언어로 정리하면서 내가 원하는 방향으로 이끌어갈 수 있다.

글 쓰는 삶을 사랑하는 한 사람으로서 글쓰기를 적극적으로 권장한다. 내향인이라면 더욱더 추천한다. 글 쓰는 순간을 통해 나와 대화를 나누는 시간은 무엇보다 값지다. 이 사실을 많은 이들이 알게 되었으면 좋겠다.

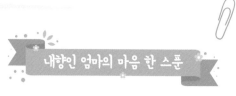

내향인 엄마의 마음 한 스푼

글쓰기에 도움이 되는 책 추천 목록

글을 쓸 때 꼭 형식을 갖춰서 써야 하는 것은 아니지만, 무엇을 어떻게 쓰기 시작해야 할지 고민이라면 글쓰기에 관한 책을 읽어보는 것도 도움이 됩니다. 그럴 때 읽어보면 좋을 책들을 소개해봅니다.

1. 은유, 『쓰기의 말들』, 유유, 2017
2. 김민식, 『매일 아침 써봤니?』, 위즈덤하우스, 2018
3. 이은경, 『오후의 글쓰기』, 넥서스, 2021
4. 백미정, 『현실 엄마의 글쓰기 타임』, 생각수레, 2022
5. 은유, 『글쓰기의 최전선』, 메멘토, 2023
6. 이주윤, 『더 좋은 문장을 쓰고 싶은 당신을 위한 필사 책』, 빅피시, 2024

4.
책이라는 것에 대하여

　나는 어렸을 때부터 책과는 거리가 있는 사람이었다. 부끄럽지만 교과서 말고는 읽었던 책이 별로 없을 정도였다. 그러니 책의 장점을 알 리가 없었다. 마치 거리 두기라도 하듯 책을 읽는 행위와는 굉장히 멀었던 게 사실이다. 그랬던 내가 지금은 놀랍게도 책을 읽는다. 아니, 거의 끼고 산다고 해야 맞을 것 같다. 늦은 감이 있지만 어른이 되고 나서야 책을 가까이하게 되었다. 내가 책을 읽는 이유는 단 한 가지, 바로 내 마음을 위해서이다.

　나는 아이를 낳고 키우면서 괴로운 시기를 겪었지만, 내 옆에서 꼬물거리는 아이들을 바라보면서 하루 중에도 정신이 번뜩 들었다 말았다가를 수십 번 반복했다. 그 시기 나에게 동아줄과도 같았던 이종선 님의 책을 읽고 난 뒤, 심리학 책에 매력을 느꼈다. 그래서 그 이후에는 서점에 갔다. 심리학 코너에서 마음에 끌리는 책들을 마구잡이로 구매하고는 집에 돌아왔다. 여섯 권 정도였던 것 같다. 집에 돌아온 나는 아무 생각 없이 무작정 책을 읽기 시작했다. 당시에는 정말 터무니없는 행동이었다. 평소에는 책에 관심도 없다가 어이없게도 발견했던 책 한 권을 믿고, 다른 책들을 읽기 시작한 것이다. 그때의 나는 뭐라도 해야 했다.

책 한 권을 시작으로 두 권, 세 권 심리학에 관한 책이 집에 쌓여갔다. 책을 읽으며 내 상황들이 해결된 것은 절대 아

니었다. 하지만 책 읽는 시간만큼은 마음이 편했다. 다른 생각이 들지 않았고 어쩌다 괴로운 생각이 튀어 올라오다가도 책 속의 문장들이 나를 다시 붙잡아주었다. 책 속에는 나를 위로하는 말들이 가득했고 나를 공감해주었으며 스스로 마음을 다루는 방법들을 가르쳐주었다. 보통 심리책들은 심리 전문가가 쓴 책이기 때문에 더 믿음이 갔다. 상담사가 나에게 다 괜찮다고, 그럴 수 있다고 말해주는 듯한 느낌. 그 느낌이 좋았다.

책의 맛을 본 나는 육아서도 제대로 파헤치기 시작했다. 아이 때문에 고민이 되는 일이 있으면 SNS를 검색하거나 주변에 물어보는 대신 책을 찾았다. 책으로 쓸 만큼 신빙성이 있고 전문적일 것이라 생각했다. 말로 듣는 것보다 글로 풀어 쓴 것에서 훨씬 더 자세함을 느꼈다. 책은 나에게 '보물' 그 자체였다.

내가 살려고 읽었던 첫 책이 지금의 나를 만들었다. 이제 책은 나에게 없어선 안 될 소중한 것이 되었다. 육아하다 주변으로부터 흔들릴 때도 책은 내향적인 나에게 안정감을 준다. TV에 나올 법한 유명 육아 전문가들을 나는 책 속에서 매일 만나며 그들에게 자세한 설명과 조언을 듣는다. 마음이 힘들 때는 심리 전문가들이 나의 책장에서 항시 대기 중이다. 요즘에는 인문학과 고전에도 빠져 산다. 인생 선배들로부터 주옥같은 조언을 듣는다. 남부러울 게 하나 없다.

책 읽는 행위가 단순히 힐링에 그치기에 책은 너무 많은 매력을 지니고 있다. 많은 사람들이 책의 바다에 풍덩 빠져 봤으면 좋겠다. 그리고 책을 통해 나와 같이 어떠한 방법으로든 도움을 받게 되길 바란다. 책과 거리 두기를 하던 내가 지금은 절친이 되어버렸으니 말이다. 나에게 책은 그 자체로 '사랑'이다.

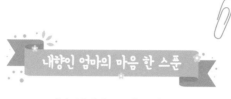

내향인 엄마의 마음 한 스푼

책과 친해질 수 있는 방법

독서와는 거리가 멀었던 1인으로서, 책을 좋아하고 책과 친해질 수 있었던 방법 세 가지를 소개해봅니다.

1. 나에게 맞는 책 고르기입니다. 온라인이나 오프라인 에서 책을 둘러보면 '베스트'라는 항목이 있습니다. 인기 가 많은 유명한 책을 말하지요. 물론 베스트인 책은 대중 성이 있다는 뜻이기 때문에 나 역시 좋아하고 그 책이 나 에게도 맞을 수 있습니다. 하지만 꼭 그런 것은 아닙니다. 아무리 베스트여도 그 책이 나에게 맞는 책인지 살펴볼 필요가 있습니다. 책을 살펴볼 때는 서문과 목차를 보는 것이 도움이 됩니다.

2. 꼭 완독하지 않아도 괜찮습니다. 책을 읽기 시작하면

왠지 완독에 대한 부담감이 생깁니다. 처음부터 끝까지 다 읽어야 할 것 같은 기분이 듭니다. 하지만 책을 많이 읽어보니 꼭 그러지 않아도 된다는 것을 알았어요. 독서라는 게 '힐링'이라는 목적도 있지만, 나에게 도움이 되는 '배움'이라는 목적도 있습니다. 정보는 꼭 모든 내용을 다 읽는다고 해서 얻어지는 것은 아니에요. 한 권의 책 속에서 나에게 도움이 되는 어느 한 부분이 있고 그 내용을 내 삶에 적용한다면 그것만으로도 충분합니다.

3. 책을 좀 더럽게 보는 것입니다. 책을 단순히 읽는 것이 아닌, 내 생각을 함께 쓰는 것으로 다가가는 방법이 있습니다. 작가가 해주는 이야기를 읽고 머릿속으로 생각하는 것도 좋지만, 이에 더해 내 생각을 함께 메모해보면 좀 더 확장된 독서를 할 수 있습니다.

5.
조용한 엄마의 육아

A 엄마 : ○○ 학원에서 이번 방학 때 특강을 한대!

B 엄마 : 어머, 우리 아이도 신청해봐야겠네~

A 엄마 : 근데, ○○이는 벌써 한글도 다 뗐다면서?

B 엄마 : 우리 애는 아직 한글을 하나도 모르는데, 뭐라도 시켜야
할까 봐~

육아맘이 되고, 엄마들을 만나보면 이런 이야기를 흔하게
주고받는 걸 볼 수 있다. 누구네 아이가 한글 뗀 이야기부터
학원 특강 내용에, 하물며 담임 선생님께서 누구를 칭찬했다
는 이야기까지. 굳이 들으려고 하지 않아도 다양한 이야기들
이 귀에 쏙쏙 들어오곤 한다. 그럴 때마다 엄마들은 불안하

다. '혹시 내가 놓치고 있는 것은 없을까?', '지금이라도 이걸 해봐야 하나?' 생각하며 세상 심각하게 고민한다.

　나 역시 그런 이야기들이 귀에 들어올 때마다 멈칫할 때가 있다. 나는 잘하고 있는 건지 생각이 들어서다. 팔랑귀가 되어 솔깃했다가도 이내 정신을 차리곤 한다. 팔랑귀에서 벗어나지 못한 날은 여지없이 내 아이를 잡기도 했다. 그럴 때마다 아이는 엄마의 학습 욕구를 눈치라도 챈 듯 부리나케 내 곁에서 도망을 쳤다.

　내향인인 엄마로서 주변 엄마들 곁에서 수많은 정보를 가지고 논하는 것은 사실 매우 힘든 일이다. 때로는 내가 알고 있는 정보와 내 생각을 말하고 싶지만 나는 그들을 설득하고 싶지는 않다. 그럴 용기도 사실 부족하다. 그래서 나는 조용히 듣는 편에 속한다. 대신 중심을 잡고 흔들리지 않으며 그들의 생각을 경청하려고 노력한다. 육아에는 답이 없지 않은가.

　아직 8년밖에 되지 않은 육아지만, 그래도 육아하면서 가장 중요하다고 느낀 게 있다면 바로 '몰입하기'이다. 육아는 매 순간이 선택과 결정인데, 그럴 때마다 지금 내 아이의 눈빛과 행동을 따라가고 집중하다 보면 해결책이 보일 때가 많았다. 어떤 아이의 이야기에 흔들렸다면 다시 중심을 잡고 내 아이에게 집중하는 것이다. 나와 내 아이의 속도에 맞추는 것이 육아를 가장 쉽게 하는 방법이란 걸 조금씩 깨달았다.

내가 집중할 수 있게 된 계기는 따로 있다. 바로 육아서를 읽으면서부터이다. 육아 전문가가 쓴 책들을 수십 권을 읽으며 나만의 방식으로 쌓은 육아관들이 생겨났다. 독서의 중요성, 영어를 학습으로 취급하지 않는 태도, 스마트폰에 대한 대처 방식 등이 그것들이다. 내가 육아하며 흔들릴 때마다 바로잡아준 1등 공신은 단연 육아서다. 옆집 엄마의 말보다 육아서 속 전문가의 말 한마디가 훨씬 의미 있게 와닿았다.

육아를 하는 데 있어서 방향성에 따라 대부분이 정해지는 것 같다. 그리고 결정적으로 내가 어떤 방향으로 나아갈지는 내 아이가 말해준다. '케바케'에 이어 '애바애'라는 말이 있듯이, 옆집 아이가 아닌 내 아이의 기질과 성향에 따라 육아는 흘러간다. 그래서 나의 육아관은 '결대로'이다. 나와 내 아이의 결에 맞춰 조용히, 하지만 내면을 단단히 유지하는 게 목표이다.

오늘도 나는 내 아이들의 눈빛에 집중한다. 내 아이가 무엇에 관심을 보이고 바라는지를 살핀다. 그리고 귀신같이 그 타이밍을 놓치지 않고 낚아채어 발전시키려 애를 쓴다. 그것이 내향인 엄마의 '결대로' 육아이다.

내향인 엄마의 마음 한 스푼

우리 집 거실 육아

저희 집에는 거실 한가운데에 길고 커다란 식탁이 하나 놓여 있습니다. 그 식탁은 엄마와 아빠가 책 읽는 곳이기도 하고 아이들이 숙제하는 곳 또는 그림을 그리는 곳이 되기도 합니다. 그렇게 같은 공간에서 각자 할 일들을 합니다. 그러다 보니 아이들은 자연스레 책 읽는 부모의 모습을 보게 되고, 부모는 아이들이 요즘 무엇을 좋아하는지 관심사에 대해 알게 되기도 합니다. 이것이 제가 '거실 육아'를 지향하는 이유입니다. 아이들의 눈빛에 집중하기 위함이며, 함께하는 공간 속에서 대화를 나누며 보다 가까워지기 위함입니다. 이러한 '거실 육아'를 위한 간단한 방법을 소개해보고자 합니다.

1. 거실에 함께할 수 있는 공간을 정합니다. 저희 집처럼

식탁이 될 수도 있고, 거실 탁자가 될 수도 있습니다. 함께 대화를 나누며 무언가를 할 수 있는 곳이면 됩니다.

2. 거실에서 함께 생활함으로써 서로 영향을 주고받는 과정을 통해 내 아이에게 집중해봅니다. 그 과정에서 아이 또한 자연스레 부모를 통해 배우게 되는 것이 있을 것입니다. 이때 독서를 활용한다면 더할 나위 없이 좋습니다.

3. 꼭 식탁 의자에 바르게 앉아 지낼 필요는 없습니다. 소파에 편하게 엎드려 책을 읽어도 좋습니다. 거실을 가족이 함께 생활하는 편안한 장소로 인식하는 것이 중요합니다.

6.
나의 결대로

　나는 '결'이라는 단어를 참 좋아한다. 앞 장에서 육아 측면의 '결'을 이야기했다면 이번엔 나 자신의 '결'에 대해 이야기해보려 한다. 역시나 나의 '결'은 내향성을 띤다. 조용하고 차분하며 혼자 있기를 좋아하다 못해 즐긴다. 그런데 이에 반하여 엄마들이나 친구들과의 모임이 잡히면 가기 전부터 긴장의 연속이다. 아무렇지 않은 척해 보지만 내 마음은 이미 집에 가 있곤 한다. 같은 엄마로서 소소한 만남에 나를 끼워주는 것만으로도 참 소중하고 감사한 일이지만 이 사람, 저 사람의 이야기를 들으며 (주로 나는 듣는 경청자의 입장이다.) 웃고 수다를 떨다 보면 정신적으로 너덜너덜해지는 나를 발견한다. 집단의 숫자가 많을수록 그 강도는 심해진다.

그리고 가끔은 나의 내향성에 화가 올라온다.

'아, 나는 왜 이렇게 다수가 힘든 거지? 얼른 집에 가서 쉬고 싶어!'

속으로 나 자신에게 화를 내봤자 나는 전형적인 'I(내향인)'
다. 그래봤자 상황은 나아지지 않는다는 것을 너무나 잘 알
고 있는 나는, 힘든 모임을 끝낸 후 집으로 돌아와 빠져버린
에너지를 채우기 시작한다. 혼자 있는다고 해서 아무것도 하
지 않고 가만히 있는 게 아니다. 여러 가지 일을 혼자서 참 열
심히도 하며 시간을 보낸다. 내향인이 에너지를 충전하는 방
법은 내향인답게(?) 독서와 글쓰기, 필사하기이다. 그리고 한
가지 더, 운동이 있다. 여기서 운동은 사람이 많은 곳이 아닌
집에서 혼자 하는 '홈트'를 말한다. 아무도 보지 않는 편한 집
에서 나만의 운동 유튜버 영상을 틀어놓고 열심히 따라 하며
땀을 흠뻑 흘린다. 뭐 이런 재미없는 인생이 다 있나 싶은 사
람도 있을 것 같다. 하지만 나는 이 모든 것에 진심이다.

뼛속까지 내향인으로 살아오면서 나는 그동안 나 자신을
많이 탓하기도 했지만, 지금은 그런 내 모습을 조금씩 받아
들이고 있다. 나는 조용한 것을 선호하고 홀로인 것에 외로
움을 느끼기보다는 그것을 즐긴다는 것을 잘 알고 있다. 이
렇게 나를 알고 받아들이니 외향적이지 못한 나에 대해 크게
문제를 느끼지 않게 되었다. 오히려 내향적인 나의 모습에
더욱 주목하게 되는 좋은 점도 생겼다.

육아서에 보면 칭찬과 훈육에 대해 이런 이야기가 많이 나
온다. 아이가 못한 것에 집중하기보다 아이가 잘한 것에 대
한 칭찬에 더욱 집중하라고 말이다. 그것과 같은 이치이다.
나 역시 내가 부족한 것보다 내가 잘하는 장점에 더욱 집중

하기로 한 것이다. 그러니 모든 것이 간단해졌다. 내가 외향적이든 내향적이든지 간에 나에게 맞게 생각하고 나의 '결'대로 나를 지키는 순간들이 소중할 뿐이다.

육아할 때도 마찬가지다. 내 아이들을 바라보면 첫째는 나를 닮아 조용하고 수줍음이 많은 편이다. 그러나 둘째는 보다 활동적인 아이다. 아이들은 같은 배에서 나왔지만 각각 다른 기질을 지니고 있다. 첫째가 조용하고 내성적이라고 해서 혹은 둘째가 너무 활동성이 많고 와자지껄하다고 해서 절대 문제라고 생각하지 않는다. 아이 각각이 모두 소중하고, 아이의 성향에 맞게 양육하면 될 것이리라.

그러니 우리는 모두 각자의 성향에 고개를 끄덕이고 이에 맞게 생각하고 행동하면 될 뿐이다. 어려울 것 하나 없다. 외향인은 외향인답게, 내향인은 내향인답게. 나는 내향인이라는 나의 결대로 오늘 하루도 그렇게 살아간다.

7.
내향인의 해방 일지

'아이는 부모를 닮는다.'

이 말은 무섭도록 들어맞는다. 아이를 낳아 키워보니 이 말에 더욱 절감한다. 말로 다 표현하지 않아도 아이들은 나와 남편의 기질을 쏙 빼닮았다. 가끔은 소름이 돋을 정도이다. 좋은 점만 닮으면 좋겠다는 나의 바람과는 달리 내가 고치고 싶은 부분까지 닮는 것이 아이들이었다. 특히 첫째 아이는 친구들과 있을 때 자기의 뜻을 집에서만큼 잘 표현하거나 전달하지 못한다. 집에서는 모든 감정과 생각을 표현하는데 밖에만 나가면 다른 아이가 되곤 한다. 한마디로 내성적이다. 그런 아이의 모습을 보면서 '내가 어렸을 때 그랬던 것 같은데. 저거 되게 힘든 건데. 닮지 않았으면 했던 걸 닮았구나.'라고 생각한다. 안타깝지만 어쩔 수 없는 부분이다. 하지만 어쩔 수 없다는 걸 잘 알면서도 그런 아이를 보면 부모 입장에서는 그저 안쓰럽다.

생각해보면 어른이 되고 난 후의 나 역시 내 기질을 바꾸지 못했다. 아니, 바꿀 수가 없었다. 타고난 것이니까. 어렸을 때부터 소위 '인싸' 성향을 지닌 외향인들이 부러워서 나의 내성적인 모습을 숨기고 외향적인 척하기도 했지만, 그 노력은 항상 얼마 가지 않아 제풀에 꺾여 나가떨어지곤 했다. 어른이 되어서도 그러기를 수십 번. 결국 나는 뒤늦게 깨달았다.

  '그래, 나는 내향적이야. 나는 그들과 달라.'

어른이 되어 결혼하고 아이를 낳아 키우면서, 나의 모습과 성향을 조금씩 받아들이기 시작했다. 나에게 맞지 않는 옷을 억지로 끼워서 입는 게 아니라 맞춤옷을 찾아 입기 시작한 것이다. 나에게 맞는 옷을 입는 것. 나를 옥죄고 가두었던 무리에서 조금은 벗어나 나 자신에게 집중하고 바라보는 것. 그게 바로 '나'였던 것이다. 누군가가 나에게 외롭지 않으냐고 물어온다면 이제는 조금 더 힘을 실어 답할 수 있을 것 같다. 나의 마음은 단조롭고 편하며, 나에게 집중할 수 있는 지금이 좋다고 말이다.

이제 나는 더 이상 외향인들을 부러워하며 닮으려 하지 않는다. 나의 내향적인 모습 속에서 진정한 나를 발견했기 때문이다. 마치 그리스 로마 신화 속, 다이달로스가 만든 미궁

과 같은 곳에서 아리아드네의 실처럼 빛나는 희망을 찾은 듯
하다.

　나는 나의 내향성에 대하여 다 괜찮다며 고개를 끄덕일 뿐
이다. 그래서 나의 아이들에게서도 단점보다는 장점을 보고
자 한다. 내성적인 부분이 있지만 그 내향성을 장점으로 바
꿀 수 있는 힘. 그 힘을 기르기 위한 노력이 더 소중함을 내
아이들에게도 가르쳐주고 싶다.

　이 책을 읽은 독자분들은 한 내향인의 이야기를 들으면서
나와 비슷하다거나 혹은 '저렇게 생각할 수도 있구나.' 하는
생각이 들었을 것 같다. 앞에서도 언급했지만 중요한 것은

우리 모두 내향성과 외향성을 지니고 있고 둘 중 하나의 성향이 조금 더 두드러질 뿐이라는 것이다. 그러니 우리는 알고 있어야 한다. 모두가 양가 성향을 지니고 있고, 내향성이든 외향성이든 모두 존중받아야 한다는 것을 말이다. 그리고 누구보다 내가 나의 성향을 알고 받아들이면서 자신에게 집중할 수 있기를 바란다.

우리 각각은 소중하며 존중받아야 할 존재이다.

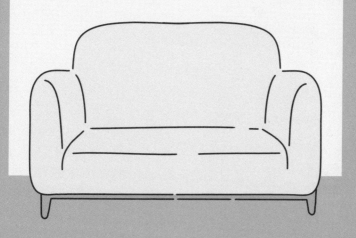

Part 4

엄마, 잊고 있던
성장을 찾아서

1.
고통은 오롯이 나만의 것
:『이어령의 마지막 수업』

내가 가장 좋아하고 존경하는 이어령 선생님의 인터뷰를 담은 책이다. 죽음을 앞둔 라스트 인터뷰라는 형식으로, 선생님의 지혜를 '선물'로 남긴 책이라는 점에서 숙연해진다. 이 책 10장에 보면 '고통'에 대한 이야기가 나온다. 특히, 소포클레스가 쓴 비극 중 『필록테테스』라는 작품이 등장하는데, 김지수 인터뷰어가 선생님께 고통을 어떻게 다루고 계시는지 묻자 이어령 선생님께서는 위의 작품으로 답변하신다.

『필록테테스』에는 트로이 전쟁 이야기가 나오는데, 필록테테스라는 왕이 렘노스섬의 신전에 가게 된다. 그런데 그곳에서 독사에 물려 전신에 독이 올라 고통으로 소리치고 상처에서는 악취가 나는 일이 발생한다. 그러자 그리스군은 그를 렘노스섬에 버리고 가버린다. 고통은 반복되었고 필록테테스는 그 섬에서 10년을 지내게 된다. 한편 트로이 전쟁은 10년이 되도록 끝나지 않았고 신탁은 전쟁에서 이기려면 '헤라클레스의 활'이 있어야 한다고 예언한다. 그런데 그 활은 섬에 버려진 필록테테스가 가지고 있었다. 즉, 상처를 가진 필록테테스에게 활이 있었던 것이다. 이에 그리스군 중 오디세우스와 네오프톨레모스는 그 활을 훔치러 다시 섬으로 가게 되고, 그 섬에서 10년 동안 외롭게 살아남은 필록테테스를 발견한다. 그리고 네오프톨레모스는 '활을 훔치러 왔지만, 당신을 여기 두고 활만 가지고 갈 수는 없습니다. 활은 당신의 상처이고 상처는 당신의 활입니다.'라고 말한다. 결국 필록테테스는 자기를 버린 사람들을 용서하고 활을 가지고 트로이의 전쟁터로 향한다.

이에 이어령 선생님은 이렇게 말씀하신다.

삶의 고통은 피해 가는 게 아니야. 정면에서 맞이해야지. 고통은

남이 절대 대신할 수 없어. 오롯이 자기 것이거든.

나는 이 부분에 밑줄을 쫙 그었다.

내향인인 내가 그동안 살아오면서 느꼈던 고통이 생각났다. 특히 아이를 낳은 후 괴로웠던 나날들이 나의 머릿속을 스쳐 지나갔다. 주변 사람들은 나의 내향성과 예민함을 탓했다. 그리고 나는 그 사실들을 나 자신에게 따지며 스스로를 옭아맸다. 내가 나를 더욱 괴롭혔다. 그러다 보니 나는 쓸모없는 사람이 되어 있었고 벼랑 끝으로 몰려 죽음에 대해 생각했다. 고통을 온전히 느꼈다.

그러다 문득 깨달았다. 나의 곁에는 남편과 아이들이 있다는 것을. 살아야겠다는 생각에 상담사의 도움을 받기 시작했다. 고통의 순간들부터 그 고통에서 헤어 나오기까지 여러 사람의 도움도 있었지만, 무엇보다 내가 나를 위해 애썼던 기억들이 남아 있다. 이어령 선생님의 말씀처럼 나는 내 삶의 고통을 피해 갈 수도 없었고, 그래서 그 누가 대신할 수 없는 고통을 스스로 온전히 느꼈다. 그렇게 차차 깨달은 것이다.

상처를 가진 자가 활도 가지듯이 고통을 쥐고 있는 나는 그 해결 방법도 갖고 있었음을 깨달았다. 내향인으로서, 내향인이 갖는 외향인들은 알지 못할 고통을 나는 알고 있다. 그리고 그것들을 정면 돌파하여 내가 나를 위해 마음을 가다듬었다. 그 과정들 역시 이어령 선생님께서 말씀하신 '고통'의 한 부분이 아닐까.

2.
나는 '무엇'을 해야 할까?
:『헤르만 헤세의 나로 존재하는 법』

"모든 방식은 나름 맞는 방식이다."

이 책의 서문을 보면 이런 문장이 있다. 내가 사는 방식에 대해 옳고 그름을 따지지 말고, 나를 받아들이며 인생을 살아가는 데 있어 나는 무엇을 해야 하는지 'What'을 생각하도록 한다. 헤르만 헤세의 책은 나에게 늘 어려운 책이다. 그런데도 계속 읽게 되는 신기한 책이기도 하다. 아마 한 번씩 던져지는 이런 질문들 때문이 아닐까 싶다.

모든 방식은 나름 맞는 방식이라는 말에 안도하면서 아직도 불안을 느끼는 나를 발견한다. 나는 여전히 'How'에 집중한다. 어떻게 살아야 할지 걱정하는 것에 비중을 두는 편이다. 현실을 받아들이기보다는 전전긍긍하며 발버둥 치는 순간도 있다. 사람은 늘 불안을 품고 살아간다. 하지만 그러다가도 너무나 아무렇지 않게 괜찮아지기도 한다. 합리화를 통해 넘기기도 하고, 받아들이기의 달인이 되어 현실을 인정하는 여유를 부리기도 한다. 이럴 때 보면 사람은 오로지 하나의 생각만을 갖고 사는 건 아니다. 하지만 한 가지 확실한 건 누군가로 인해 혹은 어떤 상황으로 인해 해결되기보다는 사람은 자기의 내면 안에서, 그리고 의외로 '스스로'가 대부분을 해결해나간다는 것이다.

죽음을 생각할 만큼 힘들었던 지난 2년간의 기억 속의 '나'가 있다. 지금도 여전히 나는 내 마음속에 그때의 나를 품고 있다. 그 순간들을 어떻게 잊을 수 있겠는가. 겁이 많았던 나, 불안했던 나, 화가 많았던 나, 자책했던 나, 한없이 작았던 나. 그런 나의 부족한 모습들은 단 하나도 지워지지 않고 나의 기억 속에 여전히 존재한다. 극복했지만 과거의 나 역시 여전히 '나'이기 때문이다. 그래서 지금의 내가 있고 쭉 존재해온 것이 아닐까.

　헤르만 헤세는 우리가 자신을 바꾸어 다른 사람이 될 수는 없다고 말했다. 하지만 주어진 삶을 더 많이 인정하고 받아들일수록 강한 사람이 될 거라고 했다. 이 말에 공감한다. 길다면 긴 1년 반의 시간 동안 나는 돌고 돌아 'How'에 회의를 느꼈다. '어떻게'가 그렇게 중요한가에 대해 자신에게 물어보게 된 것이다. 결국, 그럴 시간에 지금 내가 할 수 있는 것이 무엇인지 찾아보기로 했다.

　일단, 나의 내향적인 면을 받아들이기부터 시작해야겠다고 생각했다. 어느 한 예능 프로그램에서 누군가 했던 말이 생각난다. 한 예능인이 어떤 사람을 바라보며 우스갯소리로 "사람은 바꿔 쓰는 거 아니다~"라고 말했다. 그 농담 섞인 말에 나는 사뭇 진지해졌다. '그래, 내향적인 나를 외향인으로 바꾸는 건 어려운 일이야. 이젠 그러고 싶지도 않고.'라며 속으로 생각했다. 그렇게 나는 나 자신을 인정하고 받아들이기로 했다. 오로지 '나'로 존재하기로 했다. 더 나아가 세상은 생각보다 많은 것을 요구하지 않는 것일지도 모른다는 여러 가지 상념이 들었다.

　그러니 지금 내가 옳은지 그른지를 따지지 말고, 순간마다 '무엇'을 해야 하는지에 집중해야 한다는 헤르만 헤세의 말을 기억하자.

　'모든 방식은 나름 맞는 방식이다.'

3.

육아는 나에게 집중하는 시간
:『지랄발랄 하은맘의 육아 내공 100』

둘째 아이를 하원 시간에 맞춰 데리러 갔다. 아이가 다니는 유치원의 원감님이자 친한 언니가 "○○이 눈이 아파 보여~"라고 말했다. 그 말에 나는 "며칠 전에 열이 많이 났어. 진짜 아팠어."라고 말했다. 그러자 언니는 "아휴, 그럼 원에 보내지 마시고 집에서 좀 데리고 있으세요~"라고 농담 반 진담 반으로 말하는 것이 아닌가. 나는 그 말에 "이제 방학이 얼마 안 남았답니다."라고 웃으며 농담 섞인 말을 했다.

예전에 내가 유치원에서 교사로 일할 때는 왜 아픈 아이를 원에 보내는지 엄마들이 이해 안 갈 때가 있었다. 그런데 내가 엄마가 되고 보니, 아이가 잠시 원에 가 있는 시간이 엄마에게 어떤 의미인지 너무나 잘 알게 되었다. 엄마도 쉴 시간이 필요하다는 것을 절감한 것이다. 그래야 다시 아이를 돌볼 에너지가 충전된다는 것, 그것만으로도 숨 쉴 틈이 생긴다는 것 말이다. 아마 언니도 나의 그런 뜻을 알았으리라. 그런데 나는 그 순간에 내가 마치 아이가 아픈데도 원에 보내고 마는, 본인 쉬는 게 중요한 그런 엄마로 비칠까 봐 신경이 쓰였다.

집에 돌아오는 내내 겉으로 티는 내지 않았지만, 속으로는 계속해서 그 상황을 곱씹고 또 곱씹었다. '열이 많이 났었는데, 이제는 괜찮아졌어요~'라고 해야 했나? 아님, '졸려서 그래요~'라고 해야 했을까? 생각했다. 그런데 내가 또 감기로 아프다는 이유로 아이를 가정 보육한다고 하면 아마도 "어휴~ 그냥 원에 보내지 뭐 그 정도로 가정 보육을 해!"라며 소심하고 간이 콩알만 한 엄마로 보였을 것 같았다. 결국, 이렇게 하나 저렇게 하나 나는 다른 사람을 신경 쓰며 조금 더 나은 엄마로 보이기 위해 안간힘을 썼을 것이다. 그럴 때 보면 나는 내가 참 별로라고 느껴진다.

이런 감정은 육아하면서 특히 많이 느꼈던 것 같다. '더 나은 엄마'라는 세 음절은 어느새 내 머릿속에 박혀 꿈이 되었다. 왜 나는 더 나은 엄마가 되고 싶었던 걸까? 내 아이를 위해서? 나를 위해서? 아니면 다른 사람들의 시선이 중요해서? 부끄럽지만 마지막 세 번째 이유가 큰 몫을 차지했다. 나름 유아교육도 전공했고 아이들만큼은 잘 키우고 싶은 마음이 꽤 컸다.

김선미 님의 『지랄발랄 하은맘의 육아 내공 100』에 육아에 대하여 이런 말이 나온다.

신이 나에게 육아라는 포장지에 싸서 준 인생의 마지막 기회.

'육아'라는 포장지라는 말에 나는 다른 의미에서 뜨끔했다. 나야말로 '육아'라는 포장지로, 더 정확하게 말해 '더 나은 엄마'라는 포장지로 나를 감싸고 있던 것은 아니었는지 말이다. 썩 괜찮은 엄마로 보이기 위해 했던 노력이 있었다. 위에서 언급한 일화가 그중 하나다. 나는 가면을 쓰고 살았다. 내가 육아를 하지 않았더라면 가면에 가려진 나의 모습은 보지 못했을 터였다.

아이를 키우다 보니 나에 대해 몰랐던 부분을 발견하고 반성할 수 있는 시간이 주어졌다. 천만다행이다. 생각보다 참 별로인 나의 부분을 육아로 인해 깨닫고 인정하는 과정이 생겨났으니 말이다. 특히 나의 내성적인 면은 더더욱 부각되었지만, 그것을 인정할 수 있었던 것도 아이를 키우면서부터였다. 그런 의미에서 육아는 나에게 선물이다.

그러니, 엄마가 된 마당에 "이제는 나를 인정하고 받아들이자!"

4.
나만의 기준에 따라서
:『내 몸을 읽고 쓰는 힘 몸해력』

"다른 사람과 비교하며 상처받는 생각에서 빠져나와야 한다."

이 책은 몸의 관점에서 불안과 무기력에 관한 내용을 다루고 있는데, 몸과 마음은 연결되어 있고 마음은 몸으로 나타냄을 설명해준다. 저자 디아는 이를 '몸해력'이라고 표현한다. 그중에서도 '적정치'에 대한 내용이 나에게 큰 의미로 다가왔다. 위 문장을 읽고 나는 '내성적으로 태어났다면, 외향적인 사람과 비교하며 상처받는 패턴에서 나와야 한다.'라는 문장으로 바꿔보았다. 사실 자기의 적정치를 알기란 쉽지 않다. 사람마다 기준이 다르기 때문이다. 적정치를 모르기 때문에 비교하는 문제도 발생한다. 내가 외향인인 다른 사람과 내향인인 나를 비교했던 것처럼 말이다.

　사실 '비교'라는 자체가 꼭 나쁜 것만은 아니다. 어떤 대상과 나를 비교해보면서 내가 부족한 점을 알고 배울 수 있기 때문이다. 문제는 비교에서 더 나아가 자기 비난까지 이어진다는 데에 있다. 이 책에서도 이러한 자기 비난, 즉 비교하면서 받게 되는 상처에서 벗어나야 함을 이야기한다. 무조건 열심히 한다고 해서 비교에서 벗어날 수 있는 것이 아니라, 내가 소화할 수 있는 정도를 알아야 한다는 것이다.

　직장 생활을 하던 시절, 유치원에서 담임으로 근무하면서 아이들에게 늘 밝고 웃는 모습으로 대하는 게 정말 어려웠다. 그리고 유치원이라는 기관의 특성상 행사가 아주 많았는데, 그럴 때마다 항상 활발한 모습을 유지하는 게 너무 힘이 들었다. 그런 와중에 본성이 원래 밝고 활발한 동료를 보면 행사 자체를 즐기는 모습이 부럽기도 하고 닮고 싶어 질투가 나기도 했다. 하지만 나는 그런 사람이 아니었다. 활발한 사람이 되고자 나를 몰아붙인다고 해서 변할 수 있는 성격도 아니었다.

다 지나고 보면 별것 아닌 것 같지만, 그때만 해도 나는 굉장히 심각하게 생각했다. 하지만 잠깐의 직장 생활과 육아를 해오면서 느낀 게 있다면 '지금의 나'에 만족할 줄 알아야 한다는 것이다. 그게 나를 지키는 일이고 나를 더욱 발전시킬 수 있는 하나의 발돋움이 되기 때문이다.

잘나가는 누구처럼 되고 싶고 더 완벽해지고 싶을 때 우리 몸은 자기 그릇 안에서 적정치를 하도록 배앓이로, 역류성 식도염으로 가르쳐요.

이렇게 표현되어 있듯이, 사람의 마음은 결국 몸으로 표현이 되고 만다. 나 역시 유치원에서 생활하면서 정말 많이도 아팠다. 감기는 기본으로 달고 살았고, 코피를 쏟거나 심한 위염에 걸리는 등 수많은 질병이 내 적정치를 넘어선 결과로 나타났다. 마음이 편하지 않으니 몸도 편하지 않은 것이었다. 그러니 '적정치를 아는 지혜'가 우리에게 필요하다는 것을 저자는 말하고 싶었던 게 아닐까.

내성적으로 태어났다면, 외향적인 사람과 비교하며 상처 받는 패턴에서 빠져나와야 한다. 그것이 적정치를 아는 지혜 이자 하나의 해결 방법이다.

5.

'진짜' 만남에 대하여
:『책과 삶에 관한 짧은 문답』

    이 책은 박웅현 님의 책『문장과 순간』 북토크 내용을 한 출판사에서 정리하여 엮은 책이다. 다른 서적들에 비해 아주 얇은 책인데, 그중 기억에 남는 부분을 소개해보려 한다.

    진짜 만남은 물리적인 시간에 비례하지 않아요.

    같은 공간에서 오랜 시간 함께 일한 사람이라고 해도 나와 세계관이 너무 다르면 그와 나는 만난 게 아니라는 뜻을 담고 있다. 이 문장을 통해 물리적인 만남과 진짜 만남에 대해 생각해보게 되었다. 내성적이라서 다른 사람들과의 만남을 꺼리고 혹은 만나더라도 불편하기만 한 만남이 누구나 있기

마련이다. 분명 나는 누군가를 만났지만, 심리적으로는 만나지 않은 상태. 몸과 마음이 함께하는 만남이야말로 진정한 만남이라는 것에 동감했다.

　나에게도 불편한 모임이 하나 있다. 오랜 시간 알고 지내온 사이이고 1년에 한 번 만날까 말까 하는 정도의 모임이지만 같은 단톡방 안에 있는 것만으로도 편치 않은 모임. 하지만 함께한 세월이 길다는 변명과도 같은 이유로 빠지기가 어려운 모임이다. 함께한 세월은 쉽게 무시할 수가 없다. 그래서 나는 그 모임을 떨치지 못하고 있다. '자리이타[3]'를 생각하자면 단톡방에서 나오는 게 맞을지도 모르겠다. 하지만 사람 일이 그렇듯 모든 것을 다 내 마음대로 할 수는 없는 것 같다. '그렇다면 나는 앞으로 어떻게 해야 할까?'를 질문으로 던져보았다. 내가 찾은 대안은 모든 모임에는 참여하지 않는 것이었다. 사실 그 모임을 유지하면서 힘들었던 것 중 하나가 모임마다 참석해야 할 것 같은 의무감이 든다는 점이었

---

3)　자신을 이롭게 한다는 자리(自利)와 남을 이롭게 한다는 이타(利他)를 합한 낱말로, 자기도 이롭고 남도 이롭게 한다는 뜻

다. 모두가 참여하니까 왠지 나도 참여해야 할 것 같을 때가 많았다. 한마디로 소외되는 게 싫었다. 그래서 나의 컨디션과 상황을 무시해가면서 참여하곤 했었다. 그리고 모임이 끝나고 나면 후회하고 혼자서 스트레스를 받는 악순환이 계속되었다.

내향인이라면 나와 비슷한 상황을 겪는 사람들이 더러 있을 듯하다. 특히 엄마들의 모임도 여기서 빠질 수 없다. 엄마들의 모임은 내 아이를 중심으로 만들어진 집단이기 때문에 더 많은 신경을 쓰게 된다. 하지만 내향적인 엄마들에게 아이를 둘러싼 모임 역시 부담스럽기 그지없다. 그런데도 용기를 내어 함께하는 것이다. 그들 중 한 사람이 바로 나이다. 사실 함께 소속되고자 하는 욕구는 정보를 얻기 위함도 있지만 내 아이가 소외되지 않기 위함이 가장 크다. 이 심리로 인하여 엄마들의 관계는 끊어내기가 어렵다.

아이가 처음 어린이집에 다니기 시작했을 때가 생각이 난다. 어린이집 같은 반 아이의 엄마들을 알게 되면서 엄마들과 관계를 맺고 가끔 모임을 하게 되었는데, 그때도 나는 소외되는 것이 싫어 빠지지를 못했다. 그리고 빠지게 되면 육아에서 왠지 불안감이 몰려왔다. 지금 생각해보면 무지했던 것 같다. 사실 불안은 내가 잘 모르기 때문에 생긴다. 즉, 불안은 무지에서 나온다. 하지만 아이가 조금씩 자라고 심리서든 육아서든지 간에 책을 읽게 되면서부터는 불안함을 조금씩 떨쳐내고 있다. 나의 심리를 옆집 엄마에게 묻는 대신 전문가에게서 답을 듣고, 지금 나의 힘든 육아 상황 역시 옆집 엄마가 아닌 육아 전문가에게 조언받는다.

나 자신을 챙기자고 내가 싫은 모든 모임을 다 끊어낼 수는 없지만, 내가 선택을 할 수는 있다. 내 상황을 고려하는 것만으로도 '자리이타'를 실천하는 일이 아닐까. 진짜 만남은 물리적인 시간에 비례하지 않는다는 것을 기억해야 할 것이다.

6.
나 자신을 위하기
: 『힘들어도 사람에게 너무 기대지 마세요』

    육아하는 '육아빠'이자 정신과 전문의인 정우열 님이 쓴 이 책은 제목에서도 느껴지듯이 인간관계와 심리에 대한 핵심을 짚어내고 있다. 내용 중에 외향인이 되고 싶은 내향인의 욕망에 대한 부분이 있는데, 내향적인 사람의 태도와 모습으로 살아가지만 그렇게 지내는 것이 힘들다는 사람들은 이러한 생각을 갖는다고 한다. 바로 '외향인이 되고 싶다.'라는 욕망이다. 하지만 그 욕망은 곧 실망으로 나타난다. 외향인에 대한 욕망이 크면 클수록 내향인으로 보이는 못난 자기의 모습에 좌절하게 되는 것이다.

    중학교에 다니던 시절, 나는 엄마가 된 지금보다 훨씬 더 내향적이었다. 그런데 같은 반 친구 중에 여자 친구, 남자 친구 가리지 않고 모두와 친하게 지내는 아이가 한 명 있었다. 성격도 활발하고 긍정적인 친구였다. 누구와도 잘 어울리고 잘 지내는 그 친구가 진심으로 부러웠다. 어느 날 친구를 유심히 관찰해보니 그 친구는 자신감과 수줍음 두 가지를 모두 가지고 있는 것 같았다. 누군가에게 다가가는 것을 두려워하지 않으면서도 동시에 때에 따라 수줍은 모습을 보이는 귀엽고 매력적인 친구로 기억에 남았다. 어렸을 적 나에게 그 친구는 동경의 대상이었다.

위의 일화처럼 내향인이면서 속으로는 외향인을 동경하던 때가 있었다. 아마 내향적인 사람이라면 누구나 이런 감정을 느껴본 적이 있을 것이다. 하지만 문제는 나는 외향인이 아니라는 것이었다. 나는 누가 봐도 내향인에 가까웠고, 그런 나의 모습에 적잖이 실망하곤 했다. 외향인이 부러웠지만 나는 내향인이기에 그들과 같아질 수 없다는 생각은 나를 작아지게 만들었다. 정우열 님이 말씀하신 욕망과 실망은 마치 하나의 세트처럼 뫼비우스의 띠와도 같았다.

정우열 님은 이에 대한 해결책으로 자신의 상한 마음을 감추지 말고, 오히려 자신을 이해해야 한다고 말한다. 마치 자기 공감과도 같다. 그 시절의 나는 나를 이해해야 한다는 생각은 하지 못했던 것 같은데 말이다. 그저 부러운 감정만 느낄 뿐이었다. 내향인이 외향인이 되고 싶다는 욕망만으로 가득 찼었다. 그런데 어른이 되고, 아이를 키우는 엄마가 되고 나니 조금은 알 것 같다. 나를 가장 잘 이해하고 감싸줄 수 있는 존재는 바로 나 자신이라는 것을. 나를 낳아주신 부모님도, 나를 위해주는 남편과 친구도 나 자신만큼 나를 인정해주지는 못한다는 것을 말이다. 아이를 낳고 우울증이란 인생의 큰 파도를 겪으면서 그때 절감했다. '나의 이 문드러지는 속은 나만이 느낄 수 있구나. 결국 나 자신은 나 스스로가 지켜야 하는구나.'를. 정우열 님의 말씀은 그것과도 비슷하지 않을까.

가끔 사람은 참 희한하다는 생각이 든다. 나는 내가 지켜야 한다는 이 간단한 답을 머리로는 잘 알면서도 행동은 그렇지 못할 때가 많기 때문이다. 가까운 사람에게 고민을 털어놓고 이해를 바라고, 심지어 해결을 요구하기도 한다. 그리고 결국엔 한참을 돌고 돌아 고생 끝에 깨닫는다. 나를 지킬 수 있는 건 나 자신이라는 것을. 내가 바로 그 희한한 사람 중 한 명이다.

내향인으로서 힘든 일들을 겪어오면서 나 자신을 위한 것이 얼마나 소중한 일인지 이제는 너무도 잘 알게 되었다. 나는 누군가에게 단순히 '다른 사람의 도움을 받으려고 하지 마라.' 혹은 '나를 지킬 수 있는 건 나 자신뿐이다.' 이런 말을 하고 싶지는 않다. 좋은 경험이든 나쁜 경험이든 결국은 나에게 도움으로 돌아오기 때문이다. 중요한 건 그것을 내가 스스로 깨달아야 한다. 그리고 과정이 어떻게 되었든지 간에 결국 나 자신을 위할 수 있게 된다면 그것으로 충분하다.

7.
삶에 대한 태도
:『글쓰기의 최전선』

글쓰기는 '나'와 '삶'의 한계를 흔드는 일에서부터 시작해야 한다.

   은유 님이 쓴 이 책은 나에게 글쓰기를 위한 지침서와도 같다. 나의 뇌리에 박히는 문장들이 이 한 권의 책 속에 수두룩하다. 그렇다면 나는 나의 내향적인 면을 다듬는 데에 있어 글쓰기 책으로부터 어떤 도움을 받았을까? 아이러니하게도 '삶'이다. 이 책은 분명 글을 잘 쓰기 위한 내용을 담고 있지만, 이 책으로 내가 얻은 건 삶에 대한 태도였다. 말 그대로 배보다 배꼽이 더 큰 책이다.

   우리의 삶은 같은 일의 반복이다. 지루하지 않을 수가 없다. 나 역시 엄마라는 자리에서 살림과 육아를 반복하며 살고 있다. 티 하나 나지 않는 수고로움으로 하루하루를 보내고 있다. 그저 현상 유지일 뿐이다. 사실은 조용하고 내성적인 나는 잔잔한 하루와 큰 무리 없는 이벤트에 감사하지만, 지루함이란 변명으로 나의 삶 속에 크고 작은 대소사를 기대하기도 한다. 그래서 '나'라는 자신과 '삶'이라는 큰 틀 안에서 그 한계를 느끼고 나에게 맞춰가는 일에 집중한다.

그것을 위한 방법 중 하나가 바로 글쓰기이다. 글을 쓰는 행위는 단지 내가 겪은 일들과 나의 감정을 활자로 나타내는 것에 그치지 않는다. 저자 은유의 말처럼, 글을 쓰며 토해내는 일과 수많은 감정은 나를 뒤흔든다. 자기 검열을 하게 되고 재정비의 시간을 가지며 그렇게 나를 다듬어간다. 나의 이야기로 글을 쓰다 보면 내가 알지 못했던 나의 모습을 알게 되기도 한다. '내가 이런 감정을 갖고 있었구나.', '내가 이런 생각이 들었구나.' 하는 등의 성찰이 일어난다.

그런 의미에서 글쓰기는 나에게 필수 불가결한 것이다. 나의 내향성을 좀 더 나은 방향으로 다듬고, 나의 소극적인 부분을 마음껏 승화시키기 위함이다. 나도 나를 잘 모르겠고, 나의 이야기를 누군가에게 털어놓고 싶지 않은 순간이 꽤 많다. 그럴 때 글쓰기는 빛을 발한다. 아무도 읽지 않는, 혹은 누군가 읽더라도 내가 혼자 쓴 글이니 누구도 나에게 뭐라 하지 못하는 이점으로 나는 그렇게 내 속을 풀어나간다.

글쓰기가 주는 이로움 덕분에 용기도 조금 생겼다. 첫 번째 책을 숨김없이, 그리고 거침없이 써 내려가면서 그동안 묵혀뒀던 일과 감정들을 마음껏 쏟아냈다. 그러고 나니 숨이 트였다. 나 홀로 붙잡고 애쓰던 일들을 길게 풀어내면서부터 이미 나는 용기를 얻었는지도 모른다. 그게 출간까지 이루어졌으니 눈물이 흘렀다. 글은 내가 쓴 것이지만 첫 책이 나오기까지 한 출판사의 수많은 분과 추천사를 작성해주신 많은 지인 등 여러 명의 도움이 있었다. 나를 위해서 누군가 애써준다는 수고로움에 고개를 숙이게 되었고 감사를 배웠다. 모든 것이 글쓰기로 이루어진 것들이었다. 그러니 글을 쓰지 않을 이유가 없게 되었다.

첫 책을 출간하고 3년 정도의 시간이 흘렀지만, 나의 글쓰기는 여전히 진행 중이다. 지금, 이 순간에도 나의 내향성에 대해 글을 쓰다 보니 한 권의 책이 되어가고 있다. 이 또한 신기하고 감사한 일이다. 이렇게 나는 다시 한번 나의 한계를 뒤흔든다.

오늘도 나는 최선을 다해 내향인

아이를 낳고 8년이라는 시간이 흘렀다. 신생아 시기부터 초등 시기까지 육아해오면서 그동안 내 아이들은 정말 많이도 자랐다. 물론 앞으로 더 클 날들이 남았지만, 한편으로는 이것만으로도 감격이 밀려올 정도이다. 누군가 그랬다. 엄마의 성장 나이는 육아 나이와 같다고. 아이를 키우면서 배우고 느낀 것들을 다 말해보자면 거짓말을 조금 보태어 2박 3일도 모자랄 정도이다. 내가 아이를 키운 게 아니라 아이가 나를 키웠다.

보다 적극적이지 못한 내향인인 엄마 곁에서 자라나는 내 아이들에게 미안할 때도 있다. 그런데도 나의 아이들은 부족한 나를 항상 감싸안아 준다. 이보다 든든한 지원군이 어디 있으랴. 그러니 두려울 게 없고 눈에 뵈는 것도 없어진다는 게 엄마가 아닐까 조심스레 생각해본다.

어렸을 때부터 내성적이고 조용한 내가 아이를 낳고 적극적으로 좀 변했다고 해서 내향인이 아니라고는 절대 말 못하겠다. 나는 누가 봐도 조용한 내향인이기 때문이다. 그러기에 자타 공인 내향인 엄마인 나는 더 이상 '인싸'와 같은 외향인이 되려고 노력하지 않는다. 나는 다른 사람들에게 피해가 가지 않는 선에서 나의 소극적인 면을 받아들일 줄 알고, 조용하고 차분한 면을 좋아하며 나의 그런 내향성을 존중한다. 그리고 그런 나를 스스로가 응원한다.

앞서 이야기했듯이 우리는 내향성과 외향성을 모두 지니고 있고, 그중 하나가 두드러질 뿐이다. 우리는 사실 내향인이자 외향인인 것이다. 그러니 우리는 서로를 필요로 하고 함께 살아가는 것이 중요하며, 이는 자연스러운 과정이다. 그리고 더 나아가 그 안에서 좀 더 두드러진 나의 성향을 인

오늘도 내향인으로 잘 살고 있습니다

지하고 존중해줄 뿐이다.

우리는 생각보다 나 자신에게 꽤 엄격하다. 다른 사람에게
는 한없이 너그럽다가도 나에게 잣대를 대는 순간 가차 없어
지기도 한다. 하지만 이제 조금은 내려놓음도 필요하지 않을
까. 어떤 성향이든지 간에 내가 나를 알고 존중하는 것부터
가 모든 것의 시작이 되지 않을까.

이 글이 책으로 나오기까지 꽤 오랜 시간이 걸렸다. 이 책
의 글들은 수많은 경험의 재정렬 순간들이었고, 문장들과의
싸움으로 기나긴 글쓰기 시간이었다. 그만큼 고민이 많이 되
는 내용이었다. '내향인'이라는 주제로 내 생각을 부족한 글
로 나타내며 지난날들을 돌아보았고, 다시 한번 고통을 마주
했으며 감사를 느끼기도 했다.

나는 나의 글을 통해 인생의 힘들었던 순간을 그저 털어놓
으려던 것도, 그것을 극복했다고 자랑하려던 것도 아니었다.
그저 내향인으로 살아오면서 겪었던 일과 그 일들을 통해 느

겪던 부분들을 전달함으로써 나와 같은 어느 내향인에게 조금이나마 도움이 되기 위함이었다. 만약 나와 같은 어느 내향인이 나의 이야기를 통해 단 한 가지라도 느낀 것이 있고 도움이 되었다면 더 이상 바랄 것이 없으리라.

끝으로 이 책이 나오기까지 도움을 준 나의 사랑하는 남편과 두 딸에게 고맙다는 말을 전하고 싶다. 양가 부모님에게도 감사한 마음을 전하고 싶다. 그리고 마지막으로 이 세상 모든 엄마에게 말하고 싶다. 우리는 내향적이든 외향적이든 내 아이의 강한 엄마라고. 또 누군가의 엄마이기 이전에 한 명의 사람으로서 나를 믿고 사랑하기를. 그렇게 나를 인정하고 받아들일 수 있는 내면이 강한 사람이 되기를 바란다고 말이다.

당신은 사랑과 존중을 받기에, 충분한 사람이다.

오늘도 꿈꾸는 엄마
백진경 드림